I DONI DELLE STREGHE

UN GIALLO DELLE STREGHE DI WESTWICK

COLLEEN CROSS

Traduzione di
ALESSANDRA LORENZONI

I doni delle streghe : un giallo delle streghe di Westwick

Questo è un lavoro di finzione. Nomi, personaggi, luoghi ed eventi o sono il prodotto della fantasia dell'autore o sono usati fittiziamente, e ogni riferimento a persone reali, vive o morte, aziende, eventi o luoghi è puramente casuale.

Categorie: misteri familiari, maghi e streghe, gialli paranormali divertenti familiari, mistero familiare, misteri divertenti, donne investigatrici, investigatori amatoriali donne, investigatori privati donne, libri di misteri familiari, gialli, suspense, gialli best seller, detective al femminile

Edito da Slice Publishing

ALTRI ROMANZI DI COLLEEN CROSS

Trovate gli ultimi romanzi di Colleen su www.colleencross.com

Newsletter: http://eepurl.com/c0jCIr

I misteri delle streghe di Westwick

Caccia alle Streghe

Il colpo delle streghi

La notte delle streghe

I doni delle streghe

I Thriller di Katerina Carter

Strategia d'Uscita

Teoria dei Giochi

Il Lusso della Morte

Acque torbide

Con le Mani nel Sacco – un racconto

Blue Moon

Per le ultime pubblicazioni di Colleen Cross: www.colleencross.com

Newsletter:

http://eepurl.com/c0jCIr

I DONI DELLE STREGHE

UN GIALLO DELLE STREGHE DI WESTWICK

Cibo, bevande e... veleno

Cendrine West sta aspettando con ansia la Vigilia di Natale per una cenetta intima in famiglia, quando scoppia una tempesta che porterà con sé una raffica di ospiti inattesi. Streghe brille e malefici costituiscono la ricetta per il disastro, soprattutto quando muore uno degli ospiti. L'indagine di Cen porta alla luce un sacco degno di Babbo Natale pieno di questioni irrisolte che portano a sospettare di tutti, anche di lei e del suo atletico fidanzato sceriffo.

È stato un incidente mortale causato da una strega ubriaca... o un atto intenzionale? Si parla di assassinio e solo la magia può scoprire la verità in questo inquietante girotondo di feste natalizie, magie e stranezze!

I gialli delle streghe di Westwick sono per chi ama il mistero con un tocco di paranormale! Se non avete ancora letto i primi tre libri della serie, *Caccia alle streghe, Il colpo delle streghe, La notte delle streghe*, potrete averli ora nel cofanetto *Magical mystery box delle streghe di Westwick* a prezzo speciale.

"Miss Marple incontra la magia... adorabile!"

"Cinque stelle per la mia combinazione preferita di magia, vischio e assassinio!"

"...Un gioiellino di magia e soprannaturale. Se amate i gialli adorerete Cendrine West e la sua stramba famiglia di streghe!"

"...Uno dei migliori romanzi di mistero e magia che ho letto negli ultimi tempi. Un giallo che combina mistero e fantasia come nei migliori intrighi alla Agatha Christie con un pizzico di fantasy alla Harry Potter, che appassionerà anche gli adulti!"

Registratevi per avere notizie sulle nuove uscite di Colleen all'indirizzo http://eepurl.com/bkYx01 oppure visitate http://www.colleencross.com

I gialli delle streghe sono per chi ama il mistero cosparso di divertimento e con un pizzico di magia!

I libri della serie delle Streghe di Westwick, nell'ordine:
Caccia alle streghe
Il colpo delle streghe
La notte delle streghe
I doni delle streghe

Per non perdere le novità sui libri di Colleen, registratevi sul sito www.colleencross.com e sarete i primi a sapere quando viene pubblicato un nuovo romanzo!

I MIGLIORI "STREGAUGURI" DALLE STREGHE DI WESTWICK

È la sera di Natale, la neve cade lieve
le streghe sotto il vischio baciano gli amati
i West stasera hanno ospiti speciali
uno di loro almeno desidera l'amore

Le streghe ai vecchi trucchi sempre torneranno,
regole da infrangere sempre cercheranno,
ma infine un mistero lo stomaco ritorce,
e le vicende mostrano una svolta inattesa.

Con cibo e bevande le streghe eccederanno,
e questo farà sì che un po' rischieranno
di perdere della magia il controllo
rischiando di finire dell'estremo Nord al Polo

Tra i brindisi festivi, a uno degli ospiti
cosa mai succederà
fuori infuria forte la tempesta
sulla giostra del Natale le cinture van legate!

CAPITOLO 1

Natale è il momento dell'anno che preferisco. E quest'anno sarebbe stato davvero speciale perché per la prima volta avrei trascorso le feste con Tyler. Il solo pensiero del mio ragazzo alto e prestante mi faceva affiorare il sorriso sulle labbra. Lo attendevo con ansia. Era ancora al lavoro e sarebbe arrivato un po' tardi, a causa della forte tempesta di neve che aveva avvolto Westwick Corners separandola dal resto del mondo.

Il ritardo di Tyler rendeva la mia attesa ancora più dolce. Il cuore mi batteva forte pensando ai suoi baci, alle braccia forti avvolte attorno alla mia vita. La nostra prima Vigilia di Natale sarebbe stata una festa che entrambi avremmo ricordato e che ci avrebbe rallegrati per tanto, tanto tempo.

Come sceriffo e agente di polizia di Westwick Corners, Tyler Gates era sempre occupato. Soprattutto perché zia Pearl gli rendeva la vita difficile, generalmente rifiutandosi di rispettare la legge. La priorità numero uno della zia era di far fuggire lo sceriffo dalla città, come aveva fatto con tutti quelli prima di Tyler.

Mi aspettavo che quella sera sarebbe stato diverso, in parte perché zia Pearl non era fuori a creare problemi nella tempesta di neve. Era rimasta invece a gironzolare per la casa tutto il giorno, con il resto della famiglia. Era una cosa insolita, essendo la zia un'asociale. Ma la cosa più strana di tutte era che proprio zia Pearl aveva invitato Tyler a unirsi a noi per la tradizionale cena della Vigilia di Natale.

Avevo programmato queste festività natalizie per settimane, fin nei minimi dettagli. Natale era l'unico momento dell'anno in cui chiudevamo l'attività di famiglia e prendevamo una pausa dalle nostre vite affaccendate.

Il fatto di essere una strega non fa percepire una paga, quindi tutte noi dovevamo avere un lavoro che ci facesse arrivare alla fine del mese. Avevamo convertito la residenza di famiglia nel Westwick Corners Inn, un grazioso e confortevole bed and breakfast. Sulla nostra proprietà avevamo una piccola vigna e anche il Witching Post Bar and Grill, un pub frequentato principalmente dalla gente del posto.

La residenza di famiglia era stata riconvertita per necessità, dato che la nostra era una città quasi-fantasma e non offriva molto altro lavoro. Tutto questo cambiava a Natale, quando chiudevamo l'attività e la casa tornava a essere il posto in cui si riuniva la famiglia.

A parte dare una mano alla locanda, gestivo anche un giornale, il *Westwick Corners Weekly*. Avevo appena pubblicato l'edizione natalizia e avevo già pronti gli articoli per la settimana successiva. Non succedeva molto nella piccola Westwick Corners, per cui mi potevo tranquillamente permettere di chiudere il giornale, di cui ero anche l'unica impiegata, per tutte le vacanze.

Avevo atteso con impazienza la Vigilia di Natale per settimane e volevo che fosse la prima di tante memorabili feste insieme a Tyler.

Ma il destino ci riservava qualcosa di completamente diverso.

Il Natale era bianco come avevo sognato, ma la meraviglia di neve all'esterno si stava trasformando in una prigione ghiacciata. C'era già più di un metro di neve e continuava a caderne ancora. Sarebbe stato tutto perfetto se io e Tyler fossimo stati accoccolati davanti a un camino scoppiettante mentre il manto nevoso all'esterno copriva tutto.

Invece, Tyler era bloccato sull'autostrada a cercare di aiutare gli automobilisti in difficoltà. Chiusi gli occhi e sospirai. Se solo la neve avesse atteso ancora un giorno. Tremai all'idea che Tyler potesse avere un incidente. Le strade erano insidiose. Fuori era già buio e non avevo avuto sue notizie per tutto il giorno. Mi preoccupavo che non arrivasse in tempo per la cena della Vigilia.

Normalmente amavo il silenzio ovattato che accompagnava lo spesso manto di neve, ma quella sera era diverso. La tempesta di neve era arrivata all'improvviso e inaspettata quella mattina, con vento forte e neve così abbondante da coprire le auto. Che sembrava cadere sempre più fitta. Chiusi gli occhi e pensai a Tyler e me finalmente insieme, in piedi sotto il vischio. La mia ansia si stava trasformando in preoccupazione.

Presi il cellulare dalla tasca e lo chiamai. Sembrò passare un secolo prima della sua risposta.

"Cen… volevo chiamarti." La voce profonda di Tyler sembrava distante e interrotta. "Ho appena finito di sistemare un autocarro bloccato. Ora la strada è quasi impraticabile, ma sto arrivando. Sarò lì presto. Mi manchi."

"Anche tu mi manchi." Riuscivo a immaginare i caldi occhi marrone di Tyler e mi venne da sorridere. Ci vedevamo tutti i giorni. A dire il vero era difficile non imbattersi continuamente uno nell'altra in una piccola città quasi-fantasma. Ultimamente però avevamo lavorato tutti e due fino a tardi in modo da poterci godere un po' di tempo da soli senza interruzioni. "Dirò alla mamma di ritardare un po' la cena, cerca di arrivare prima che puoi."

Sospirai dopo aver chiuso la comunicazione. Poi ricordai l'altra stortura nei miei piani.

Merlinda.

La studentessa migliore di zia Pearl non era tornata a casa a Vanuatu per le vacanze come programmato. Il volo di rientro per il paradiso tropicale nel Sud Pacifico era stato cancellato a causa della tempesta di neve. Di conseguenza, avrebbe trascorso il Natale con noi.

Merlinda era una strega apprendista estremamente potente. Le veniva tutto facile. In pratica, era tutto quello che io non ero. Non che non mi piacesse. A dire il vero la conoscevo molto poco. Era sempre con il naso affondato nei libri di magia e stava per conto suo. La vedevo di sfuggita perché alloggiava alla pensione di famiglia mentre frequentava le lezioni alla Scuola di Fascinazione di Pearl.

Merlinda avrebbe partecipato ai festeggiamenti familiari e questo non mi piaceva affatto. Con lei in giro mi sembrava quasi di sentirmi estranea a casa mia. Zia Pearl stravedeva per la sua studentessa modello e praticamente ignorava il resto di noi. Anche la mamma e zia Amber sembravano completamente affascinate da Merlinda. Al suo confronto, come strega mi sentivo una incompetente. Mi sembrava di essere addirittura invisibile.

La capacità negli incantesimi di quella ragazza era al pari delle migliori e non aveva nemmeno finito la scuola. Come se non bastasse, era anche bella. Il suo aspetto esotico faceva girare le teste nelle rare occasioni in cui si avventurava in città. Non socializzava mai, ma questo la rendeva ancora più affascinante e misteriosa praticamente per ogni uomo di Westwick Corners. Erano presi dalla sua bellezza e dal particolare accento del Sud Pacifico.

Avrei dovuto offrirmi di aiutare Mamma e zia Amber in cucina con la cena, ma stetti lontano perché avrebbero di sicuro notato il mio umore scuro. Invece, mi guardai intorno in soggiorno, sperando che le decorazioni festive mi sollevassero lo spirito.

Per essere streghe, eravamo piuttosto tradizionaliste per quanto riguarda il Natale. Il soggiorno era pieno di luci, decorazioni e fili d'argento per l'occasione. Un albero di Natale di due metri era a lato del caminetto, al quale erano appese le calze fatte a mano da Mamma. Avevamo ciascuna una calza di feltro decorata con perline: Mamma, zia Amber, zia Pearl e io. E ce n'era una in più, che la mamma aveva cucito quella stessa mattina quando Merlinda aveva scoperto che il suo volo per tornare a casa era stato annullato.

Avere lì Merlinda semplicemente rovinava tutto. Mi sentivo in colpa a pensarla così ma avevo la sensazione che la sua presenza avrebbe tirato fuori il peggio da zia Pearl. E poi, devo ammetterlo, ero anche piuttosto gelosa di lei. La stregoneria e tutto il resto sembravano venirle senza fatica.

Con perfetto tempismo, Merlinda e zia Pearl irruppero dalla porta principale, ridendo mentre si toglievano scalciando gli stivali coperti di neve nell'ingresso.

Questa era l'altra cosa che mi infastidiva. La zia ipocondriaca e piromane normalmente era una solitaria che puntava a creare problemi per far scappare gli sceriffi come Tyler dalla città. Eppure, in presenza di Merlinda, si era trasformata in una bonacciona ridacchiante tutta presa a dispensare magia bianca di qui e di là. Ovviamente con Merlinda, non con me.

Zia Pearl e Merlinda invasero il soggiorno, in apparenza senza notarmi, ridendo di un incantesimo avanzato che era decisamente oltre le mie capacità. Cavolo, non riuscivo nemmeno a capire di cosa stavano parlando. Dopo qualche minuto stavano facendo apparire ologrammi di elfi e renne, ognuna cercando di fare meglio dell'altra.

Zia Pearl si era anche cambiata per la cena. Aveva scelto un tailleur pantalone di velluto verde, probabilmente per motivi pratici. Era elegante e festoso e nello stesso tempo la lasciava libera nei movimenti, per le sue cosiddette esigenze atletiche. Io interpretavo le esigenze atletiche come incendio doloso, come pensava anche la maggior parte della gente in città, che stava all'erta per gli incendi, o meglio per Pearl, quando il tempo lo consentiva.

Quella notte, la cena della Vigilia e la tempesta di neve all'esterno erano sufficienti a tenerla lontana dai guai.

Come unico agente di polizia di Westwick Corners, Tyler si era già stancato a sufficienza con i disastri causati dalla nevicata. Non era il caso che trascorresse la Vigilia di Natale stando in guardia per i crimini di zia Pearl. Beh, chiaramente dopo essere arrivato.

I miei pensieri furono interrotti dal suono del braccialetto magico di zia Pearl, che stava muovendo il braccio con uno svolazzo.

Merlinda rise, mostrando una dentatura bianchissima.

La gelosia che provavo era solo colpa mia. Merlinda non poteva evitare di essere bella. E potevo prendermela solo con me stessa per non essermi applicata di più allo studio della magia. Era ovvio che zia Pearl fosse delusa da me.

La stregoneria era in pratica l'arte della famiglia West. Comunque, non rendeva molto. Anzi, non rendeva affatto. Per questo motivo avevamo tutti un ruolo nella conduzione della locanda. Gli ospiti paganti portavano i contanti di cui avevamo bisogno. Gestire una locanda non era chic come fare magie ma almeno aiutava a pagare le bollette.

"È un vero peccato che Earl non sia potuto venire." Mi stavo vendicando, non riuscivo a farne a meno. Merlinda non poteva soffrire Earl. Lui era o l'ammiratore più ardente di zia Pearl o il suo fidanzato segreto, a seconda dei punti di vista. Era anche un concorrente di Merlinda.

Earl era un tipo del posto, dolce e innocuo, sui settant'anni. Contadino in pensione e vedovo, aveva recentemente venduto la sua azienda agricola per trasferirsi in città. Non avevo idea di cosa un tipo normale come Earl potesse vedere in zia Pearl né perché Merlinda lo disprezzasse tanto. Erano entrambi costantemente alla ricerca di attenzioni da parte di zia Pearl. La gelosia di Merlinda era l'unica crepa che trovavo nell'atteggiamento di quella ragazza, altrimenti perfetta.

"Earl non può venire," scattò zia Pearl. "La tempesta è troppo per lui."

"Che peccato." Servì solo a ricordarmi che Tyler era ancora fuori all'aperto ad affrontare gli elementi. Mentre il tempo peggiorava ancora, cominciava a svanire la mia speranza di trascorrere un Natale romantico e intimo.

Zia Pearl corrucciò la fronte. "Cen, fai attenzione! Potresti imparare qualcosa. Saresti una strega migliore se ti impegnassi come Merlinda."

Merlinda sussurrò qualcosa mentre spostava i lunghi capelli neri sulla spalla.

La luce nella stanza divenne brillante come in un giorno di sole. Nello stesso tempo, il suono di acqua che scorre si trasformò in onde scroscianti. Una sfera di vetro cristallino di quasi un metro galleggiò pochi centimetri sopra le mani tese di Merlinda, pulsante di energia e luce. All'interno c'era una vista caleidoscopica di un'isola tropicale, con tanto di palme, capanne e un bar sulla spiaggia.

Un ukulele strimpellava delicatamente.

Un paradiso tropicale sotto vetro, dotato di colonna sonora.

Come potevo competere?

Merlinda era una strega brava quanto zia Pearl. O forse anche di più. Non avevo mai pensato a questa possibilità, perché fino a quel momento zia Pearl era stata la strega più potente che avessi conosciuto.

Non lo era più.

Inutile dire che le capacità di Merlinda andavano ben oltre le mie possibilità. Non sarei riuscita a far apparire nemmeno un bicchiere d'acqua neanche se ne fosse dipesa la mia vita, figurarsi un paradiso marino in palmo di mano. Finsi un sorriso, sperando che non si notasse il risentimento che mi bruciava dentro.

"Brava!" Zia Amber batté le mani dalla soglia della sala da pranzo, con un'espressione stupita sul volto. "La migliore versione di questo incantesimo che io abbia mai visto."

Non c'era da stupirsi che zia Pearl adorasse Merlinda.

Era una studentessa e pupilla perfetta. Carina all'inverosimile, ansiosa di imparare e, da quello che potevo vedere, riusciva bene praticamente in tutto. Merlinda non si opponeva ai capricci di zia Pearl e nemmeno criticava i suoi schizzi di piromania. Agli occhi di zia Pearl era perfetta.

Per forza Merlinda era la cocca della maestra. Non potevo criticare la zia. Io, d'altra parte, avevo abbandonato la Scuola di Fascinazione di Pearl. Non mi era mai importato di fare progressi con la magia perché non era quella la carriera che desideravo.

Eppure il percorso era stato scelto anche per me. Anche se non volevo usare la stregoneria tutti i giorni, faceva comunque parte della mia identità come strega. Zia Pearl dice che è il mio destino, che mi piaccia o no. È mio dovere fare incantesimi, preparare pozioni e sbrigare altre faccende magiche secondo le richieste. È l'ultimo punto di questa descrizione della posizione lavorativa che mi assilla. Perché non posso semplicemente esercitarmi quando mi va e vivere una vita normale?

Perché, per quanto io ci provi, sembra che in me non ci sia il talento familiare. La mamma è molto brava nel preparare pozioni con le erbe e amuleti magici mentre zia Amber è specializzata in incantesimi. Zia Pearl è maestra di tutte le arti magiche, quindi si dedica all'insegnamento. Nella sua idea, dalla Scuola di Fascinazione di Pearl devono uscire streghe esperte, meno di così è inaccettabile.

Io, d'altra parte, non eccello in nessuna di queste cose. Un po' perché sono contraria ai rischi (decisamente non ideale in una strega) e in parte perché mi manca la disciplina. Riesco meglio nell'accertamento dei fatti, nella logica e nel giornalismo; quello che zia Pearl definisce il mio mancato piano di riserva. Qualcosa che non smette mai di ricordarmi.

"Vedi come si fa, Cendrine?" Zia Pearl mi chiamava con il nome per intero solo quando era arrabbiata o ce l'aveva con me. Si strinse le mani mentre annuiva verso la sua migliore studentessa. "Non si può avere successo se non ci si impegna. Vero, Merlinda?"

Merlinda arrossì al sentire il suo nome. O forse era imbarazzata dalle critiche che zia Pearl mi rivolgeva.

"Questa è la mia casa, vicina alla barriera corallina." Merlinda indicò una sontuosa tenuta su uno scoglio che si gettava su un mare azzurro turchese. "Adoro Westwick Corners, ma volevo davvero tornare a casa per le vacanze. Vedere Vanuatu sotto vetro probabilmente è la cosa che ci si avvicina di più."

Le onde lambivano il vetro della palla di neve tropicale come per mostrarsi d'accordo.

"Che fantastici dettagli. Il tuo globo è meraviglioso." Zia Amber, con uno zabaione in mano, si avvicinò al globo di neve tropicale di Merlinda per guardare meglio. "Ehi, questa è la tua isola?"

Merlinda annuì. "Sì. Vanuatu in tempo reale."

"Fantastico." Zia Amber sogghignò ingoiando zabaione. "In questo zabaione c'è qualcosa che non va. Temo di aver aggiunto troppa noce moscata."

Rimanemmo tutti a fissare il globo, incantati dalle personcine che si muovevano nella grande proprietà sulla spiaggia. Auto in miniatura percorrevano la strada lì vicino. Una coppia dai capelli grigi sedeva mano nella mano sull'ampia terrazza mentre diversi uomini si occupavano dei vasti giardini che circondavano la dimora. Mi fece venire in mente un diorama visto al museo, a parte il fatto che lì tutti si muovevano. Era uno spettacolo di realtà dove i protagonisti non avevano idea di essere osservati.

A pensarci faceva venire i brividi.

"Sembra quasi di sentire la brezza tropicale. Molto meglio di Google Earth." Zia Amber sistemò una ciocca di capelli rossi dietro l'orecchio mentre fissava il globo di cristallo. "Di certo hai del talento, Merlinda."

"Questa volta sono stata semplicemente fortunata con l'incantesimo." Disse Merlinda alzando le spalle.

"E come mai c'è la luce del giorno nel globo? Fuori è già scuro." Dentro di me ero compiaciuta del fatto di aver trovato un errore.

"Perché là è già domani," disse Merlinda. "Vanuatu è a circa milleseicento chilometri dall'Australia."

"Ah." Desiderai aver tenuto chiusa la bocca. Mi sentivo sciocca per non aver pensato alla differenza di fuso orario.

"E questo rende ancora più incredibile il tuo globo di Vanuatu. È un talento soprannaturale, non fortuna." Zia Pearl si illuminò guardando Merlinda. Poi si girò verso di me, un luccichio malizioso negli occhi. "Cendrine, perché non provi anche tu?"

Zia Pearl sapeva molto bene che non ero capace di fare niente del genere. Era una trappola per mettermi in imbarazzo così cambiai argomento. "Chi sono queste persone?"

"Quelli sulla terrazza sono i miei genitori," disse Merlinda. "Il resto è personale della tenuta."

"Provaci anche tu, Cendrine." Zia Pearl mi fece un sorriso falso. "Fai pratica per i giochi."

I giochi di stregoneria della Vigilia di Natale erano una tradizione della famiglia West, ma io più che altro ero un'osservatrice. Avevo fatto qualche incantesimo, ma solo davanti alla mia famiglia. Non avevo intenzione di provarci davanti a Merlinda. A parte la pressione che avrei sentito nel provarci, ero sicura che la richiesta di zia Pearl aveva un secondo fine.

"Preferirei di no. Cerchiamo di avere una Vigilia di Natale normale," protestai. "Senza stregoneria."

"Ma facciamo sempre gli incantesimi," protestò zia Amber. "La Vigilia di Natale senza incantesimi è come la torta di cioccolato senza le decorazioni. Come passeremo il tempo?"

"Altre famiglie ce la fanno benissimo." Osservai la stanza alla ricerca di un salvagente da parte della mamma, ma era ancora impegnata in cucina.

"Beh, ma noi non siamo proprio una tipica famiglia, vero?" Zia Amber butto giù il resto dello zabaione e appoggiò il bicchiere vuoto sul tavolino. "Dai, Cen, fai un tentativo."

Scossi la testa. "Avete promesso tutte e due che stasera ci saremmo comportati in modo normale."

"Normale?" Chiese zia Pearl. "Vuoi dire come una famiglia di non streghe? A dire il vero, Cendrine, sei proprio un'ingrata. Consideri i tuoi talenti di magia come scontati. Non ti rendi conto di essere fortunata."

La zia scosse lentamente la testa. "Stasera è proprio come qualunque altra Vigilia di Natale della famiglia West. Merlinda praticamente fa parte della famiglia. Ha gentilmente condiviso con noi un'immagine del Natale a Vanuatu. Perché anche tu non vuoi condividere qualcosa?"

Ora mi aveva messa davvero in una situazione difficile. Zia Pearl aveva di sicuro in mente qualcosa, ma cosa? "Merlinda ha fatto un ottimo lavoro. Che altro potrei aggiungere?"

Zia Pearl si strofinò il mento. "Potresti mostrare a Merlinda com'è un vero Natale a Westwick Corners."

Alzai le spalle. "È esattamente così."

"Sai cosa intendo," disse zia Pearl. "Con le campanelle e gli zufoli."

Non ne ero certa ma avevo la sensazione che me lo avrebbe mostrato. Lanciai un'occhiata a Merlinda. Aveva lo sguardo fisso su zia Pearl, colmo di adorazione.

Tutte quelle smancerie mi davano davvero sui nervi.

"Vanuatu di sicuro è bellissima. Forse dovremmo organizzarci una vacanza di famiglia," disse zia Amber. "Devi essere davvero arrabbiata di aver perso il tuo volo per tornare a casa."

Merlinda guardò malinconicamente verso l'esterno, con i grandi fiocchi di neve che cadevano come invasori. "Non c'è problema. Farò esperienza con il bianco Natale. Non nevica mai a Vanuatu, non sembra mai davvero Natale."

Con un gesto del polso il globo galleggiò verso l'albero di Natale. Restò un attimo sollevato e poi si appoggiò tra i rami a circa metà altezza.

Perlustrai il salotto. Piccoli fiocchi di neve decoravano le finestre quadrate come una cornice al paesaggio invernale dell'esterno. Il nostro imponente albero di Natale era carico di decorazioni e in cima aveva una stella scintillante.

Ora aveva anche il globo di vetro magico di Merlinda e lei aveva completamente conquistato il Natale.

La scena natalizia sembrava presa direttamente da una cartolina. Ma nella famiglia West sotto la superficie sobbollivano sempre le emozioni, soprattutto tra zia Pearl e zia Amber. Le nostre cene di solito si trasformavano in battibecchi prima di arrivare al dolce e sperai che con la presenza di Merlinda avrebbero messo da parte le loro rivalità. Almeno al momento sembrava che stessero facendo uno sforzo.

Tornai a concentrarmi su Merlinda. Per la prima volta, mi sentii un po' dispiaciuta per lei, lontano dalla famiglia in questo periodo dell'anno. "So che non è per niente quello a cui sei abituata, ma West-wick Corners è molto carina a Natale, anche con una tempesta di neve."

"Possiamo renderla anche migliore," disse zia Pearl. "Riprodur-remo il Natale di Cen da bambina così potrai provare di persona!"

"Che idea fantastica," disse zia Amber. "Esperienza totale. Vai avanti!"

Aprii la bocca per parlare ma non ne uscì niente. Invece, una corrente di aria ghiacciata mi penetrò nei polmoni e mi tolse il respiro. Tossii così forte da cadere all'indietro. Mi tirai su e mi misi a sedere e scoprii che non mi trovavo più in salotto. Quella che mi era sembrata una poltrona troppo imbottita in realtà era neve. In effetti, c'ero dentro fino al collo. In qualche modo, ero all'esterno con una temperatura glaciale e mezza sepolta in un cumulo di neve.

Sola.

Rabbrividii e mi strofinai le braccia mezze addormentate.

Se Merlinda doveva provare le sensazioni del mio Natale, era stranamente assente. In effetti, lo erano tutti. Forse l'incantesimo era riuscito male. O forse stavano tutti rivivendo il Natale della mia infanzia tranne me.

Le nuvole basse facevano sì che tutto sembrasse più vicino e misterioso. Non c'erano edifici o parti del paesaggio che potevo riconoscere. Solo cumuli di neve dovunque.

Mancava qualcos'altro. Era ancora giorno. Era il primo pomeriggio, cosa che avrebbe reso necessario anche un difficile incantesimo di spostamento nel tempo, oppure ero intrappolata in un globo di neve invernale temporizzato. Immaginai la seconda, perché sapevo che Mamma si sarebbe arrabbiata se zia Pearl mi avesse mandata indietro nel tempo la Vigilia di Natale.

Ma se gli altri erano all'esterno del globo, io non potevo vederli né sentirli. Mi sembrava di cogliere la loro presenza ma forse era solo una pia illusione. Mi sentivo come un animale allo zoo, in mostra sotto vetro nello spettacolo di qualcun altro. A parte che la neve era molto reale. Volteggiava scendendo intorno a me, i fiocchi umidi sulle mie braccia nude. Rabbrividii e mi chiesi se questo fosse un altro dei trucchi di zia Pearl pensati per tenere separati Tyler e me.

E se lui fosse arrivato e avesse scoperto che io non c'ero? Mi passarono per la mente tutti i tipi di scenario. E se zia Pearl lo avesse mandato fuori nella tempesta alla mia ricerca?

Il cuore sprofondò nel rendermi conto che zia Pearl era tornata ai suoi vecchi trucchi ostacolando ogni possibilità di un periodo natalizio tranquillo e romantico. Lei non sopportava Tyler perché ogni volta che infrangeva la legge, lui le faceva una multa. Non gliene lasciava passare una. Il suo odio per lui ora era diretto a me, nella speranza che smettessimo di uscire insieme.

Beh, non avevo intenzione di smettere così facilmente.

Ma, almeno per il momento, ero in trappola. Ero chiusa lontano dal mio mondo per un capriccio della testarda zia Pearl, che si comportava più come un terribile bambino di due anni che come una settantaduenne qual era.

Incrociai le braccia per proteggermi dal freddo. Il mio vestito senza maniche non era per niente adatto a quella temperatura rigida e alla neve che cadeva sempre più fitta. In pochi minuti avrei avuto una crisi ipotermica. Di certo zia Pearl mi avrebbe salvata prima del congelamento.

Ma se non l'avesse fatto, avevo bisogno di un piano di riserva. Mi guardai intorno e notai una vecchia slitta nelle vicinanze, che prima mi era sfuggita. Mi avvicinai da dietro e vidi che sembrava del tipo tirato dai cavalli, solo molto più grande. Il carro era aperto e coperto da una montagna di scatole di merci. Le scatole mi impedivano la vista e non lasciavano spazio per stare né seduti né in piedi.

Arrancai in mezzo alla neve che mi arrivava alle cosce e feci un mezzo giro attorno alla slitta quando un'improvvisa ventata mi fece quasi cadere. Mi accucciai dietro al carro per ripararmi. La neve mi entrava nelle scarpe alla caviglia e le gambe nude erano diventate insensibili per il freddo.

Il vento fischiava e soffiava sempre più forte. Il poco riparo offerto dalla slitta era vanificato dal contatto della pelle con la neve. Ora mi si era addormentato anche il sedere. Restare lì significava morire di freddo. Tornai fuori e ricominciai ad arrancare verso il davanti della slitta.

Le mie speranze aumentarono quando mi resi conto di non essere sola. Ma sparirono altrettanto rapidamente quando vidi la schiena di un uomo grosso sul sedile anteriore.

Mentre mi avvicinavo, mi resi conto di riconoscerlo.

Babbo Natale.

Con tutte le renne.

Otto di loro e io.

Mi misi a ridere forte vedendo la riproduzione delle renne. Gli ornamenti eccessivi erano la firma di zia Pearl. Ma se era una magia di zia Pearl perché stavo lentamente morendo di freddo? Qualche volta era davvero sbadata, ma non era crudele.

E poi avrebbe già dovuto salvarmi a quest'ora, soprattutto con zia

Amber nella stanza. C'era qualcosa di terribilmente sbagliato. Erano tutte e due così stregate da Merlinda che si erano completamente dimenticate di me?

Mi appoggiai contro la slitta e architettai un piano. Almeno la slitta offriva un po' di protezione dal vento. Mi ci accucciai di nuovo dietro ma lo spazio tra il fondo del carro e il cumulo di neve che cresceva si era ristretto a pochi centimetri.

Non avrebbe funzionato. Rimasi lì impotente chiedendomi cosa potevo fare. La neve cadeva così fitta intorno a me che in poco tempo sarei rimasta sepolta.

Dovevo andarmene da quel casino.

"Aiuto!" Stavo per mettermi a piangere.

Non rispose nessuno. Sospirai, sentendomi sconfitta. Era quasi ora di cena, la Vigilia di Natale, e invece di rilassarmi con un drink vicino al caminetto stavo per morire congelata in un globo di neve natalizia magico.

Dovevo muovermi finché riuscivo ancora a controllare le gambe mezze congelate. Zoppicai in avanti come un ubriaco, ma davvero non avevo toccato nemmeno una goccia di alcol. Senza punti di orientamento, non avevo idea di che direzione prendere, così mi diressi dalla parte in cui era puntata la slitta.

Il terreno sotto di me tremò.

Le renne.

Presero vita in un attimo. Sbuffarono picchiando con le zampe sul terreno coperto di neve, come cavalli da corsa ai cancelli di partenza. Tirarono le redini e trascinarono con sé la slitta. Stavo per essere investita da otto renne scatenate e non c'era nessuno ad aiutarmi.

Inciampai in mezzo alla neve, cercando freneticamente di sfuggire al branco sfrenato. Ma ogni volta che cambiavo direzione, lo facevano anche le renne.

Il terreno tremava ancora più forte e mentre cercavo di restare in equilibrio urtai qualcosa con il gomito.

Vetro.

Picchiai sul vetro con tutte le mie forze. "Fatemi uscire!"

CAPITOLO 2

"Vedi Cen? Così si fa un bell'incantesimo di trasporto." Zia Pearl guardò con adorazione Merlinda, senza accorgersi per nulla della mia ipotermia e dei probabili sintomi da congelamento.

Merlinda si illuminò.

"Avrei potuto morire congelata." Il mio ricordo dell'evasione dal globo di neve era confuso. Tutto quello che ricordavo erano le renne che correvano all'impazzata e il vetro rotto. Ma la mia pelle mezza congelata era reale.

Sentii le dita bruciare nel prendere il bicchiere di vino. Mi ero versata una generosa dose di merlot prima di sedermi nella grande poltrona vicino al caminetto. Lo buttai giù mentre mi scaldavo un po' per volta vicino al fuoco scoppiettante. Non avevo ancora idea di come fossi riuscita a uscire dalla prigione del globo di neve. O, comunque, a tornare nella casa.

"Alcune persone imparano meglio le cose facendole. Come te, Cendrine." Zia Pearl mi indirizzò un sorriso dolce.

Zia Amber mi riservò uno sguardo di comprensione. "Pearl si è dimenticata l'ultima frase dell'incantesimo. Ho dovuto aiutarla un pochino."

Zia Pearl alzò gli occhi al cielo. "Non essere ridicola, Amber. Non dimentico mai niente. L'ho fatto di proposito, per creare suspense. Tutta questione di esperienza."

Buttai giù il resto del vino e appoggiai il bicchiere sul tavolino. Mi strofinai le mani tra loro davanti al fuoco. Le dita erano ancora di un bianco bluastro e facevano un male d'inferno. "Penso di avere un inizio di congelamento. Come hai potuto lasciarmi semplicemente lì, all'aperto, in quel modo? Avrei potuto morire."

Zia Pearl assunse un'espressione di sufficienza. "Gesù, Cen! Sei come un fiore di serra. Sarebbe ora che ti rinforzarsi un pochettino."

"Ti sei completamente dimenticata di me, vero?" Non sapevo cosa fosse peggio: che zia Pearl si fosse dimenticata di me o che avesse dimenticato un incantesimo. Forse la sua età cominciava a farsi sentire perché sembrava un po' annebbiata. Una strega senile non era una cosa da ridere.

I miei pensieri furono interrotti dal campanello.

Tyler. Il mio cuore andò alle stelle quando immaginai il mio ragazzo grande e grosso nella sua uniforme da sceriffo. Ora che era arrivato, potevamo finalmente iniziare il nostro festeggiamento natalizio. Zia Pearl, Merlinda, nessuno di loro aveva più importanza.

Guardai fuori dalla finestra del salotto, correndo verso la porta. Fuori era completamente scuro e il vento era aumentato a una forza da record. Faceva tremare le vecchie finestre con un solo vetro e soffiava dentro al caminetto.

In qualche modo Tyler ce l'aveva fatta, nonostante la tempesta, e il resto non aveva più importanza.

"Era ora che quel buono a nulla del tuo ragazzo arrivasse. Mangiamo." Zia Pearl accompagnò Merlinda e zia Amber nella sala da pranzo.

* * *

MI PENTII IMMEDIATAMENTE di aver aperto la porta d'ingresso. La mia natura solitamente prudente aveva ceduto, vuoi per l'atmosfera festiva o a causa del vino e del mio spirito che si era risollevato dopo aver bevuto. Ero ancora traumatizzata dall'avventura nel globo di neve e questo ulteriore sviluppo fece accelerare ancora di più il battito del cuore. Non mi aspettavo di vedere qualcuno che non fosse Tyler. Di certo non l'estraneo che avevo di fronte.

Da sotto la giacca di pelle si intravedevano dei tatuaggi sul collo. I capelli erano tagliati corti in una linea a spazzola irregolare e sembrava che non dormisse da giorni.

Il mio cuore fece un salto. Irruzioni nelle case private e rapine succedevano dovunque, nelle grandi città e nelle cittadine agli svincoli dell'autostrada. Non in un piccolo villaggio isolato da una tempesta di neve la Vigilia di Natale. Proprio in quel momento un forte soffio di vento spalancò la porta d'ingresso spruzzando la soglia di fiocchi di neve umidi e pesanti.

"Mi dispiace, siamo chiusi per le vacanze." Allungai un braccio per cercare la maniglia della porta, facendo attenzione a non togliere gli occhi da quel simil-hulk a pochi centimetri da me. Non avevamo prenotazioni e la clientela del nostro bed and breakfast a era composta quasi esclusivamente da coppiette in cerca di un rifugio romantico. Quel tipo decisamente viaggiava da solo.

Lui alzò le spalle e si grattò il volto non rasato. "Sì, lo so."

Era già buio e si stava facendo tardi, era la Vigilia di Natale e c'era in corso una tempesta di neve. Tutti buoni motivi per cui quel tizio non doveva stare lì. In generale avevo una brutta sensazione riguardo l'estraneo corpulento che mi guardava dalla soglia. Tutto quello che mi mancava riguardo le capacità soprannaturali di stregoneria era sostituito da una notevole quantità di vecchio buonsenso.

Il mio cervello istintivo mi diceva di chiudere rapidamente la porta. Il mio cervello razionale ebbe la meglio e mi costrinse a calmarmi. "Se ha bisogno di indicazioni per tornare all'autostrada la posso aiutare…"

"No, non mi sono perso. Volevo venire qui. Quello che intendo è… Non sto cercando una stanza." Sorrise mostrando un dente d'oro. "Ripensandoci, forse mi servirà."

"Mi dispiace, stasera non c'è posto." Feci per chiudere la porta ma quell'uomo, di circa trent'anni, la stava tenendo aperta. Fece un passo avanti e appoggiò il piede sulla soglia, impedendomi di chiudere.

Io indietreggiai mentre valutavo le mie possibilità. Doveva essere più di cento chili. Il petto muscoloso si intuiva nonostante la pesante giacca invernale, che mi pareva più adatta ai lavori forzati che allo YMCA. L'impressione era supportata dai tatuaggi sul collo e dall'espressione dura.

Fisicamente non avevo possibilità ma una strega, se fosse stato necessario, aveva altri poteri per scacciarlo.

Se solo fossi riuscita a ricordarmi come utilizzarli.

Peccato che fossi una strega fallita che non riusciva a ricordare più di qualche pezzo di forse una decina di incantesimi da tutti i giorni. Niente di utile per evitare un'intrusione.

"Mamma? Zia Amber? Qualcuno venga alla porta," mi girai e gridai in direzione della sala da pranzo. Di certo avevo un bel po' di streghe a coprirmi le spalle.

O forse no. Nessuno rispose alla mia chiamata. Non mi potevano sentire con il rumore di risate e tintinnio di bicchieri. Mi girai di nuovo verso il mio avversario.

Fece un sorriso con quel suo dente d'oro. "Sembra che ci sia una festa."

"Farà meglio ad avviarsi o non riuscirà a tornare all'autostrada con tutta la neve che sta scendendo." Mantenni la voce calma e indicai la sua auto, un SUV Cadillac Escalade nero scintillante lasciato in maniera casuale in mezzo al vialetto.

Probabilmente rubato.

Si sporse all'interno della soglia, così vicino che sentii l'odore di caffè del suo alito. "No, sono nel posto giusto. Devo incontrare qualcuno."

"Come ho già detto, la locanda è chiusa. Non c'è nessuno qui…" Involontariamente feci un passo indietro, infastidita dalla sua vicinanza e dal suo torreggiare sopra di me.

Lui si accigliò e si tolse la neve dagli scarponi battendo i piedi, lasciando sulla veranda impronte di neve schiacciata. Nonostante le sue intenzioni criminali, almeno era vagamente educato. Scacciai dalla mente l'immagine del nastro giallo che delimitava la scena del crimine e guardai speranzosa verso il vialetto. Non c'era ancora alcuna traccia della Jeep di Tyler che saliva la collina.

Niente.

Il cuore mi batteva forte.

A parte Tyler, non aspettavamo altri ospiti e la gente di solito non faceva un'improvvisata la Vigilia di Natale. Nemmeno le persone del luogo, dato che anche il Witching Post Bar and Grill era chiuso per le vacanze. Chiunque non avesse notato l'insegna che recitava "chiuso" ai piedi della collina, avrebbe ben presto abbandonato ogni tentativo di salire fino alla cima.

La nostra locanda era ai limiti della città, a chilometri dall'autostrada. La maggior parte delle persone non riuscivano a trovare Westwick Corners nemmeno quando lo cercavano, figurarsi con questa tempesta di neve. Oltretutto conoscevo tutti in città e i pochi visitatori che erano attesi erano arrivati in mattinata. Nessuno di loro era questo tizio. Uno sbaglio era improbabile.

Il cuore sobbalzò.

Si trattava davvero di un'intrusione.

Mi misi dietro alla porta e iniziai a chiuderla. Cosa diavolo stavo pensando? Il clima festoso mi aveva fatto abbassare la guardia.

L'uomo fece un passo avanti. Ora la metà del suo corpo era piazzata saldamente tra la porta e lo stipite. "Mi dispiace di aver fatto tardi. C'è un traffico terribile."

Io continuai a spingere, cercando di scacciare il piede. "Penso che lei sia nel posto…"

Lui mi ignorò e continuò a ripetere tra sé. "Sono contento di avercela fatta, finalmente. La neve sta davvero attaccando. Sono riuscito a malapena a far salire l'Escalade sulla collina. Non va tanto bene sulla neve."

Lo superai con lo sguardo, puntando verso l'Escalade. Mi dava un po' sui nervi che l'avesse semplicemente lasciato lì, nel mezzo del nostro vialetto incolto. Era riuscito a salire sulla collina con trenta centimetri di neve ma non si era preso il disturbo di fare qualche altro metro per portare l'auto nel parcheggio. Lasciai perdere il mio fastidio. Non era molto importante dato che non stavamo aspettando nessuno.

A parte Tyler, che ormai aveva un'ora di ritardo. E se gli fosse accaduto qualcosa? O peggio, se qualcosa stava per succedere a noi? Almeno Tyler avrebbe visto l'Escalade nero come possibile segno del fatto che rischiava di cadere in un'imboscata.

Essendo lo sceriffo, Tyler era in grado di cavarsela. Ma nemmeno un poliziotto si sarebbe aspettato un'intrusione la sera della Vigilia di Natale.

Nonostante il freddo, stavo sudando. Mi asciugai la fronte con il dorso della mano e mi sforzai di mantenere la calma.

"Si è perso?" Il cuore batteva sempre più forte. Dato che Westwick Corners era così lontano dalle strade battute, quella poteva essere una spiegazione. "Svolti a destra alla base della collina, prosegua per circa otto chilometri e poi giri a sinistra all'incrocio. Così tornerà sull'autostrada."

Non si spostò di un millimetro.

E la mia squadra di soccorso era ubriaca e non a portata d'orecchio.

CAPITOLO 3

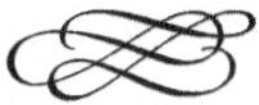

"Mi vuoi far entrare?" I penetranti occhi verdi di quell'estraneo fissarono i miei. Un sogghigno gli si aprì lentamente sul volto e mi porse la mano. "Ah... tu non sai chi sono, vero? Sono Dominic, il partner di Merlinda."

Partner sembrava una parola fuori luogo per quel bestione ma forse da dove arrivava lui il linguaggio era un po' più formale. Avevo un vago ricordo del fatto che Merlinda aveva un ragazzo a Vanuatu, ma l'accento di Dominic sembrava più texano che del Sud Pacifico. E, comunque, Merlinda non parlava quasi mai di lui, quindi non ne sapevo praticamente niente.

"Il ragazzo di Merlinda?" Rilassai la morsa feroce che tenevo sulla maniglia della porta e gli strinsi la mano. Ecco un altro intruso che si aggiungeva a noi per la Vigilia di Natale. Addio alla mia festa intima in famiglia. "Non ha avvisato che saresti venuto."

"Mi sembra che ti dispiaccia."

"No. Solo che, beh... Non importa." Ora che non temevo più per la mia vita potevo studiare Dominic con un po' più di obiettività. Era belloccio, in un modo un po' rozzo, da ragazzo cattivo. E la spruzzata di neve che gli copriva i capelli biondo scuro tagliati corti gli confe-riva un certo fascino.

21

Dominic spostò il suo grosso corpo in avanti fino a coprire completamente la porta. "Merlinda non sa che sono qui. Dovrebbe essere una sorpresa. Pearl, comunque, sa tutto. È lei che mi ha invitato stasera a cena."

Mi cascò la mandibola. Non solo perché Dominic era volato fino da noi sulla base effimera di un invito a cena ma perché zia Pearl era la persona più asociale che conoscevo. Odiava i visitatori di ogni genere e faceva qualunque cosa per evitare la gente. Era un fastidio costante con gli ospiti della locanda. Perché all'improvviso era così ospitale? C'era qualcosa che non tornava.

Il fascino che provava zia Pearl per Merlinda le aveva completamente cambiato il carattere. Non solo aveva invitato un'estranea a cena. Aveva anche invitato Dominic per la Vigilia di Natale. Non ero sicura di quale fosse la cosa più strana: l'invito di zia Pearl o il fatto che si era dimenticata di dirlo.

Neanche Rudolf, Donner e Blitzen con una tempesta del genere sarebbero stati affidabili. Questo significava che Dominic non era semplicemente lì per la cena. Avrebbe dovuto trascorrere con noi la notte e forse fermarsi anche più a lungo. L'unico spazzaneve della città non si sarebbe messo in azione finché non avesse smesso di nevicare. E questo non sarebbe stato prima del giorno di Natale.

Ma affrontare le conseguenze sarebbe stato un problema di zia Pearl. Nel migliore dei casi rendeva impossibile la sicurezza, questa sarebbe stata una lezione da imparare. Quando aprii la porta e feci entrare Dominic, mi colpì il pensiero che Merlinda non aveva affatto pianificato di restare a Westwick Corners per Natale. Era rimasta lì per il solo fatto che il suo volo era stato cancellato. Quando avrebbe potuto invitare Dominic, zia Pearl?

Dominic si passò una mano tra i capelli. "Davvero Pearl non ha detto che mi aveva invitato a cena?"

Io scossi la testa e feci un passo indietro mentre lui entrava passandomi di fianco. "Temo proprio di no."

Dominic sporse i palmi delle mani in avanti in segno di scusa. "Avevo in mente di portare un po' di vino, ma tutti i negozi sono chiusi."

Mossi la mano per indicare di lasciar perdere. "Non c'è bisogno. Abbiamo bevande in abbondanza." Il nostro bar ben fornito poteva sempre attingere al Witching Post Bar and Grill, se ci fosse stato bisogno. Nemmeno il cibo era un problema, dato che Mamma cucinava sempre in abbondanza. Forse per questo motivo zia Pearl non aveva detto niente. O forse entrambe non avevano detto niente a me.

In ogni caso, con cibo e alcol a sufficienza potevo farcela.

Si formarono delle pozzanghere sul pavimento di legno quando Dominic si tolse gli scarponi.

Un incantesimo avrebbe potuto rapidamente sistemare tutto, ma mi infastidì la sua noncuranza. Era trascurato e l'esatto opposto della perfetta Merlinda, e in definitiva non mi piaceva molto nessuno dei due. Forse io ero l'unica con un problema. Stavo diventando più irascibile ogni momento che passava.

Feci un sorriso falso a Dominic e gli presi il cappotto per appenderlo all'attaccapanni nell'ingresso prima di accompagnarlo in soggiorno. Gridai. "Merlinda, hai un ospite."

Gli occhi di Merlinda si spalancarono per lo stupore quando uscì dalla sala da pranzo. Rimase per un attimo ferma sulla soglia senza dire niente. Poi trotterellò verso Dominic sui suoi tacchi alti e lo abbracciò.

Lui si piegò e la baciò sulla guancia.

Lei si liberò dal suo abbraccio e si accigliò. "Avresti dovuto essere a Vanuatu. Come hai fatto ad arrivare qui con la tempesta?"

Dominic alzò le spalle. "Sono volato a Shady Creek questa mattina. Volevo farti una sorpresa prima, ma con la confusione e la neve non ce l'ho fatta. Sono in viaggio da più di cinque ore per arrivare qui. Le strade sono completamente per aria."

"Ma io sarei dovuta tornare a casa per Natale," disse Merlinda. "Tu lo sapevi."

Dominic alzò le spalle. "Lo so, ma avevo in programma di arrivare prima che il tuo volo partisse. Con la tempesta e tutto quanto, non pensavo che ce l'avrei fatta."

"È una fortuna che il mio volo sia stato cancellato oppure non ci saremmo incontrati." Merlinda sembrava ancora più raffinata e principesca in contrasto con il suo ragazzo tatuato. Erano una coppia davvero curiosa e lei non sembrava poi così eccitata all'idea di vederlo. Il suo umore felice e brillante di poco prima era sparito.

Il racconto di Dominic mi sembrò curioso. In una situazione analoga io non mi sarei dimenticata dei programmi di viaggio di Tyler. Avrei invece contato i giorni che mancavano al suo ritorno. E comunque lui non si comportava nemmeno come uno che sentisse la mancanza della fidanzata. C'era qualcosa che non andava ma il mio cervello già un po' annebbiato dall'alcol non era in condizioni di analizzare la situazione.

Non avevo idea di quanto durasse il volo da Vanuatu a Seattle e poi a Shady Creek, ma era un volo a lunga percorrenza, probabilmente almeno dodici ore. Aggiungendo il tratto di strada in auto d'inverno per arrivare a Westwick Corners, l'idea di una visita a sorpresa sembrava veramente bizzarra.

Mi cascarono le spalle mentre pensavo a Tyler ancora intrappolato all'esterno con quel tempo minaccioso. Rischiava di perdersi tutta la cena della Vigilia di Natale e la nostra speciale festa della famiglia West. Aspettavo da tanto di poterla condividere con lui.

"Cinque ore alla guida è tanto tempo," disse Merlinda. "Shady Creek dista solo un'ora."

Dominic annuì. "L'autostrada era un ingorgo unico. Sono stato fortunato a trovare l'ultimo SUV dell'agenzia di noleggio."

Tornai con la mente all'Escalade parcheggiato fuori. Sembrava più elegante che adatto alla neve e non avevo mai visto niente di più distante da quello alla Budget o alla Enterprise, soprattutto non a Shady Creek. Sospettavo che Dominic mentisse, ma perché? Era un dettaglio ma faceva sì che la sua storia non stesse in piedi.

All'improvviso la mia serata sembrò molto più interessante, nonostante Tyler fosse in ritardo. Cosa ci trovava la splendida Merlinda in questo tipo duro? A parte essere palestrato, era piuttosto trascurato e dall'aspetto normale. Niente di sbagliato in questo, ma Merlinda sarebbe potuta uscire con chiunque avesse voluto. Come mai aveva scelto lui?

CAPITOLO 4

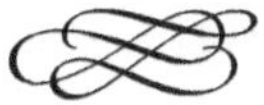

Il profumo del tacchino arrosto e dei condimenti ci arrivò alle narici mentre ci dirigevamo in sala da pranzo.

Io mi fermai sulla soglia e feci passare Merlinda e Dominic davanti a me. Provai una punta di tenerezza per Tyler, ancora preso dal lavoro fuori, al freddo. Il mio stomaco brontolò e mi ricordò che non mangiavo dall'ora di colazione.

"Prima le cose importanti." Dominic aveva notato il vischio mentre passava sotto l'arco. Avvolse le sue braccia in modo protettivo intorno a Merlinda. Se la tirò vicino e la baciò.

"Ahi." Merlinda all'improvviso si allontanò, un'espressione dolorante sul volto. Si appoggiò allo stipite e si piegò in due per il dolore.

"Cosa c'è, piccola?" Dominic scostò una ciocca di capelli neri dal volto di Merlinda e con delicatezza la spinse dietro l'orecchio.

"Crampi allo stomaco. Pearl mi ha dato un po' di tisana al cardo mariano, comunque. Penso di sentirmi un po' meglio." Merlinda alzò lo sguardo verso Dominic e lo baciò.

Dominic e Merlinda bloccavano l'ingresso alla sala da pranzo e io ero costretta a restare dietro di loro finché rimanevano sotto al vischio. Il contrasto tra la bellissima Merlinda, magra come una modella, e il rozzo Dominic era incredibile.

L'arrivo di Dominic aveva un lato positivo perché la sua presenza avrebbe potuto interrompere la strana dinamica tra Merlinda e zia Pearl. Ora zia Pearl avrebbe dovuto competere con lui per avere l'attenzione di Merlinda.

All'improvviso apparve zia Amber dal lato della sala da pranzo. Era a pochi centimetri dalla coppia. Abbracciati teneramente, i due non si erano accorti della sua presenza.

"Che dolci." Zia Amber volteggiò a un metro dal pavimento, dietro alla coppia, e si allungò verso l'alto per sistemare il vischio. Staccò un rametto mentre Dominic e Merlinda si baciavano. Un pezzo della piantina cadde sulla testa di Dominic ma lui sembrò non accorgersene.

Non ero sicura se il commento di zia Amber fosse riferito alla coppia di fidanzati o se era invece diretto a zia Pearl, che non aveva mai preparato la tisana per nessuno.

"Zia Amber, scendi!" Ero preoccupata dal suo uso sconsiderato della magia di fronte a estranei. Zia Amber aveva una posizione di rilievo alla Witches International Community Craft Association e avrebbe dovuto sapere che non si poteva fare. Normalmente era molto attenta alle regole. Forse era l'effetto dell'atmosfera festiva, ma la sua trascuratezza evidente delle regole della WICCA era preoccupante.

"Non parlarmi come se fossi un cane, Cendrine." Sibilò zia Amber. "Mostra un po' di rispetto per tua zia."

Io alzai le spalle. "Volevo solo proteggere il segreto di famiglia. Ed evitarti di passare dei guai con la WICCA."

Zia Amber sospirò e alzò gli occhi al cielo. "Io non sono in nessun guaio. E sono perfettamente in grado di badare a me stessa."

Sembravano tutti un po' nervosi quella sera. Le vacanze potevano fare quell'effetto alle persone.

Guardai verso Merlinda e Dominic. Ancora avvolti nel loro piccolo mondo, nonostante si trovassero in mezzo al nostro battibecco non si accorsero della scena di zia Amber.

"Quale sarebbe il problema?" I piedi di zia Amber erano nuovamente fermi sulla terra ma il suo sguardo era ancora indispettito.

"Abbiamo un ospite, ti ricordi?" Non era molto probabile ma era comunque possibile che Dominic non sapesse che la sua ragazza era una strega e che la Scuola di Fascinazione di Pearl non era una sorta di scuola di perfezionamento fuori dal tempo. Ma anche se era a conoscenza dei talenti magici di Merlinda, non sapeva dei nostri. Volevo che le cose restassero in quel modo. Almeno, speravo che Merlinda non avesse rivelato il nostro segreto. In ogni caso, di certo non avremmo dovuto rivelare talenti speciali davanti a un estraneo.

"Oh, lascia perdere, Cen. È Natale." Zia Amber camminò verso di me con passo fermo. Aveva bevuto già il quarto zabaione, che io avessi contato. Bastava un brindisi festoso e tutte le regole andavano a farsi friggere.

Merlinda si sciolse dall'abbraccio di Dominic e mi guardò accigliata. "Cosa succede?"

Maledissi la mia stupidità. I due non avevano notato la levitazione di zia Amber ma sicuramente si erano accorti che stavamo alzando la voce.

Prima che potessi rispondere, zia Amber porse a Merlinda il rametto di vischio. "Hai bisogno di questo, tesoro. Il vischio ha qualità protettive. Sei al sicuro finché lo porti con te."

Dominic alzò gli occhi al cielo. "Non hai bisogno di una pianta morta per proteggerti. Il tuo stalker di Vanuatu qui non può farti niente. Soprattutto con me a proteggerti."

La promessa di Dominic era piuttosto inutile dato che Westwick Corners in dicembre era praticamente deserta. Dubitavo che anche uno stalker avrebbe fatto lo sforzo di arrivare fin lì. Merlinda non aveva bisogno di protezione. Comunque, la domanda era dovuta. "Hai uno stalker?"

"Non è niente, davvero. Dominic sta esagerando." Merlinda si girò verso Dominic e sorrise. "Hai ragione. Qui sono al sicuro. Qualunque minaccia è lontano migliaia di chilometri."

"Che genere di minacce? Cosa vogliono esattamente da te?" La vita di Merlinda sembrava così perfetta che non potevo immaginare che qualcosa la turbasse. Cosa poteva esserci di malvagio in un'isola-paradiso come Vanuatu? Mi immaginavo un posto sonnacchioso del Sud Pacifico dove non si vedeva mai una nuvola.

Merlinda alzò le spalle. "Non importa. Dominic mi proteggerà." Si liberò dal suo abbraccio e sorrise.

"Chiunque voglia far del male alla mia piccola deve passare prima da me." Dominic afferrò saldamente il braccio di Merlinda e la guidò in sala da pranzo. La accompagnò al tavolo e le spostò la sedia. Quando lei fu seduta, lui le si sedette accanto.

Zia Amber e io seguimmo la coppia in sala da pranzo. All'improvviso la cena di Natale era diventata molto più interessante.

"Sto programmando questa visita a sorpresa da settimane. Pearl sa tutto," disse Dominic. "Ho rischiato di non farcela a causa della neve. Ho una bella sorpresa per te, piccola."

Merlinda sembrò leggermente preoccupata ma riuscì a fare un leggero sorriso. "Che genere di sorpresa?"

Dominic non rispose. Invece, sbatté il palmo sul tavolo. "Ma dov'è Pearl? Muoio dalla curiosità di conoscere di persona la mentore di Merlinda."

Sorrisi all'idea che mia zia, che infrangeva le regole e creava problemi, fosse la mentore di qualcuno. E anch'io non vedevo l'ora che zia Pearl se la prendesse con Dominic. A parte odiare gli uomini, avrebbe considerato Dominic una minaccia, che avrebbe cercato di portarle via l'attenzione della sua migliore, e unica, studentessa. Cosa che rendeva il fatto che lo avesse invitato ancora più curiosa.

"Penso sia in cucina," dissi. "Mentre aspettiamo, posso offrirti qualcosa da bere?"

"Avete della birra?"

Mi diressi in cucina dove Mamma e zia Pearl stavano in piedi e mi voltavano le spalle. La mamma stava mescolando la salsa in una grande pentola sul fornello mentre zia Pearl era impegnata al bancone ad affettare la speciale torta di Natale fatta dalla mamma e a sistemarla su un grande vassoio. Zia Pearl vi aveva già depositato decine di fette, sufficienti per un piccolo esercito. E avrebbero potuto ubriacarsi tutti. Il dolce di Natale della mamma trasudava alcol.

Zia Pearl sapeva che nessuno di noi avrebbe davvero mangiato il dolce. Invece, avremmo giocato a dividi e conquista, infilando i pezzi non mangiati in ogni angolo e spazio della sala da pranzo, per poterli poi ritrovare e liberarcene in un momento successivo. Sembrava poco carino offrirla agli ospiti, ma avrei lasciato fare a zia Pearl. Dopo tutto li aveva invitati lei.

Nonostante l'abilità di Mamma in cucina, la torta di Natale inzuppata di alcol era tremenda. Lei non prendeva bene le critiche e noi semplicemente non avevamo il coraggio di dirle quanto fosse cattiva. Così, anno dopo anno, nascondevamo il nostro disgusto per la torta e la mamma ne faceva sempre di più. Era davvero convinta che non ne avessimo mai abbastanza.

La torta di Natale della famiglia West risaliva ai nostri antenati inglesi. Era passata di generazione in generazione insieme alla leggenda che quel dolce fosse il vero motivo per cui nessuna creatura andava in giro la sera prima di Natale. La nostra vecchia casa una volta era piena di topi. E questo finché mamma non aveva riscoperto e ripreso in mano l'antica ricetta circa dieci anni prima. All'improvviso non avemmo più il problema dei topi. Quella torta aveva un lato positivo: era letale per le povere piccole creature.

C'erano molti motivi per cui non era corretto servirla ai nostri ospiti ignari.

Quell'anno era un po' diverso. La mamma non aveva preparato la torta tempo prima come era solita fare. L'aveva fatta solo quella mattina, troppo tardi per evitare che tornasse il nostro piccolo problema dei topi. La nostra residenza di famiglia era vecchia e c'erano un'infinità di modi in cui i roditori potevano entrare per sfuggire al freddo.

Io arricciai il naso e camminai silenziosamente accanto alla mamma e a zia Pearl senza che mi notassero. Avevo appena aperto il frigorifero per prendere una Budweiser per Dominic quando sentii qualcosa strofinarmi sulla spalla. Vidi un lampo rosso con la coda dell'occhio e gridai.

"Che diavolo..." Zia Pearl lasciò cadere il coltello sul bancone e fece qualche passo all'indietro. "Gesù, Cen! Mi hai fatto morire di spavento. Che problema hai? Non hai mai visto Babbo Natale?"

"Ehm... Babbo N-natale?" Mi girai e fissai un uomo vestito da Babbo Natale, alto ma un po' troppo magro, in piedi nella nostra cucina. Era lo stesso Babbo Natale della slitta nella sfera di neve? In quel caso, era semplicemente un altro dei trucchi di zia Pearl. In qualche modo, era riuscita a rovinare tutti i miei ricordi di infanzia. Ora, Babbo Natale aveva un aspetto inquietante, da stalker. Per fortuna non c'erano bambini in giro perché sarebbero rimasti traumatizzati per sempre.

Fissai lo sguardo negli occhi azzurri di Babbo Natale e lo riconobbi. Non era un'apparizione. Si trattava di Earl, l'ammiratore non così segreto di zia Pearl. Era evidente come mai all'inizio non lo avevo riconosciuto. Era un contadino in pensione, un tipo molto concreto che nessuno si sarebbe mai aspettato si vestisse da Babbo Natale.

Per qualche motivo imperscrutabile, Earl, calmo e tranquillo, adorava la cocciuta zia Pearl. Il suo atteggiamento calmo era l'esatto opposto di quello della mia irritante e intrigante zia. Lui sembrava disposto a fare di tutto per renderla felice e questo probabilmente spiegava il costume da Babbo Natale. Questo mi rendeva felice. Mi piaceva molto Earl, soprattutto per l'effetto tranquillante che aveva su zia Pearl.

La mamma ridacchiò. "Sei passata davanti a Earl senza vederlo, Cen, talmente sei persa nei tuoi pensieri."

Gli occhi di Babbo Natale scintillarono per il divertimento. "Questo vestito è piuttosto sgargiante, Cen. Abbastanza difficile non notarlo."

Ero davvero preoccupata, mi chiedevo se Tyler stesse bene. "Oh, mi dispiace, Earl. Non mi aspettavo di vederti." *Soprattutto non in un vestito di Babbo Natale troppo grande.* "Zia Pearl ha detto che non saresti venuto..."

"Non ho detto niente del genere," scattò zia Pearl. "Perché non accompagni Earl in sala da pranzo?"

Quando fummo lontani da orecchie indiscrete Earl mi confidò: "tutta questa storia di Babbo Natale è stata un'idea di Pearl. A dirti la verità, mi sento un po' stupido conciato così. Ma se rende felice Pearl, ne vale la pena."

Amen.

Normalmente, non sarei rimasta sorpresa di vedere Earl. Abitava nelle vicinanze e non aveva un altro posto dove andare in vacanza. Ci aveva fatto compagnia il Giorno del Ringraziamento. Ma zia Pearl ci aveva raccontato prima che lui aveva una nuova fidanzata e non sarebbe venuto.

Un'altra bugia solo per il gusto di dirla. Non sapevo mai se credere o no a zia Pearl.

"Andiamoci a sedere in sala da pranzo." Feci segno a Earl di seguirmi e presi una bottiglia di Witching Hour Red, un merlot invecchiato della nostra piccola vigna. Quando entrammo in sala da pranzo nessuno notò il vestito da Babbo Natale e questo rese il tutto ancora più strano. Ovviamente, erano rimasti senza parole.

Earl sedette in fondo al tavolo. Il suo posto a sedere era messo in modo strategico di fianco a dove si metteva solitamente zia Pearl. Il bastone della zia era appoggiato allo schienale della sedia anche se lei era in cucina. Ovviamente il suo bastone in realtà era la bacchetta magica.

Era difficile dire se Earl fosse davvero ignaro o semplicemente non volesse vedere il talento magico di zia Pearl. In ogni caso non si era mai chiesto come mai lei se ne andava in giro senza il bastone né sembrava aver notato nessuna delle sue frequenti scenate soprannaturali. L'amore è cieco, immagino.

Il mio stomaco borbottò nonostante la vista della torta. Posai il vino sul tavolo e passai la Budweiser a Dominic. "È incredibile che tu abbia fatto tutta questa strada da Vanuatu per fare una sorpresa a Merlinda."

"Sì, beh…" Aprì il tappo della bottiglia e buttò giù un sorso abbondante. Poi appoggiò con forza la bottiglia sul tavolo e fece un gran sospiro appoggiandosi allo schienale della sedia. Strinse la mano di Merlinda. "Ne vale la pena."

Lanciai un'occhiata all'esterno e vidi che la ringhiera del portico era scomparsa sotto una montagna di neve. In qualche modo, Dominic era riuscito a superare chiusure stradali e la tempesta del secolo. E tutto dopo aver lasciato un paradiso tropicale, solo per fare una sorpresa a cena alla sua ragazza, lontana migliaia di chilometri e mezzo oceano. Nessuno aveva mai fatto niente di paragonabile per me.

Certo non avrei voluto che Tyler abbandonasse gli automobilisti in panne. Essendo lo sceriffo, non poteva semplicemente andarsene perché era ora di cena. Un po' però ci speravo. Ritenevo anche che tutti quelli che erano in giro a guidare fossero incoscienti. Se non fossero stati fuori bloccati dalla tempesta, Tyler non sarebbe rimasto impegnato ad aiutarli. Forse era egoista, ma era poi così sbagliato volere il mio ragazzo al mio fianco alla Vigilia di Natale?

"Hai lasciato il sole e la sabbia per questo tempo? Deve essere stato difficile," disse zia Amber.

"Per niente." Dominic avvolse Merlinda con il braccio e le strinse le spalle così forte che la sedia si piegò verso di lui restando in bilico su due gambe. "Niente avrebbe potuto tenermi lontano."

Merlinda si tenne in equilibrio con una mano sul tavolo. "Chi si sta occupando del negozio di diving? Te ne sei andato in alta stagione."

"Hai un negozio di diving?" Dominic non mi sembrava proprio il tipo da sport acquatici. Il suo corpo muscoloso sarebbe affondato come un'ancora. O forse avrebbe semplicemente utilizzato qualcun altro come ancora. Il negozio di diving probabilmente era una copertura per il traffico di droga o qualcos'altro di ugualmente illegale e oscuro. C'era qualcosa che non andava in lui, anche se non riuscivo a capire cosa.

"Non è il mio negozio. Io ci lavoro e basta." Dominic si girò verso Merlinda. "È tutto a posto, ho trovato qualcuno che se ne occupi mentre io non ci sono. Mi sei mancata tanto, piccola. Volevo solo stare con te per le vacanze."

Dominic aprì il palmo della mano di Merlinda e ne tolse il vischio. Lo appoggiò sul tavolino tra i loro bicchieri. "Non hai bisogno di portafortuna. Sono qui io per proteggerti, ora e sempre."

L'espressione di Merlinda si rabbuiò. Butto giù il vino e appoggiò il bicchiere sul tavolo con tale forza da far versare il vino. Piccole gocce rosse macchiarono la tovaglia bianca. "Avresti dovuto tener d'occhio le cose. Pensavo fossimo d'accordo…"

Dominic si portò dito alle labbra. "Shhh, piccola. Non dobbiamo tenerlo segreto a loro."

"Tenere segreto cosa?" Mamma stava uscendo dalla cucina con un piatto fumante di purè. Appoggiò il piatto sul tavolo della sala da pranzo e si pulì le mani nel grembiule.

"Ci sono problemi a Vanuatu. Merlinda ha una taglia sulla testa," disse Dominic.

La mamma restò senza fiato. "Merlinda, non ci hai mai detto di essere in pericolo! Chi diavolo vuole farti del male?"

Merlinda alzò le spalle. "Dominic sta esagerando. Non è grave come dice lui."

Dominic scosse la testa. "No, tu non sei al sicuro a Vanuatu. Nemmeno qui. È per questo che sono venuto a proteggerti."

"Proteggere Merlinda da cosa?" Chiese Mamma. "Westwick Corners è il posto più sicuro del mondo."

"I nemici di Merlinda stanno facendo di tutto per trovarla. Vogliono imbrigliare i suoi poteri per John Frum e il culto del cargo," disse Dominic.

"Chi è John Frum?" Chiese zia Amber.

Merlinda mosse la mano in segno di noncuranza. "Non è una persona reale."

"Ad ogni modo, nessuno riuscirà ad arrivare qui per un po' di tempo," disse Earl. "Siamo proprio nel mezzo di una tempesta che sembra non voler terminare."

Merlinda fulminò Earl con lo sguardo. "Non sei un esperto meteorologo."

Earl non fece per niente caso all'odio di Merlinda per lui. "Avrei potuto prevedere questa tempesta settimane fa. Se avessi chiesto a me ti avrei suggerito di prendere un volo prima. L'almanacco dei contadini ha predetto grandi quantità di neve e un inverno freddo quest'anno."

"Beh, non mi pare di avertelo chiesto, vero?" Merlinda alzò gli occhi al cielo. "Credi davvero all'almanacco dei contadini?"

Earl alzò un sopracciglio. "Certo che ci credo. Non ha mai

sbagliato per la maggior parte degli ultimi cinquant'anni, forse anche di più."

"Earl ha fatto il contadino per molto tempo," dissi. La maleducazione di Merlinda non aveva scuse, ma dovetti ammettere che provavo un piccolo senso di soddisfazione nel vedere una crepa nella sua facciata perfetta. Earl aveva semplicemente cercato di essere d'aiuto e lei gli aveva praticamente staccato la testa.

"Perché questa gente ti cerca, cara?" Domandò zia Amber. "Chi è questo tizio, John Frum? E cosa diavolo è un culto del cargo? È per gente che ama i bagagli di marca? O ha qualcosa a che fare con il viaggio nell'oceano?"

Un debole sorriso attraversò le labbra di Merlinda mentre lei scuoteva lentamente la testa. "Vorrei che fosse così semplice."

Zia Pearl si fermò proprio alle spalle di Merlinda, anche se non mi ero accorta che fosse entrata in sala da pranzo. Appoggiò il contenitore con la salsa con attenzione sul tavolo davanti alla sua pupilla, come un'offerta a una dea.

"Merlinda non ha bisogno del tuo aiuto, Dominic," scattò zia Pearl. "È perfettamente in grado di badare a sé stessa."

"Ma Pearl…" La voce calma di Earl ebbe effetto e tutti rimasero in silenzio per un attimo.

Dominic fece un profondo respiro e si accigliò. "Non gli hai detto niente, vero, piccola?"

"Dire che cosa?" La mamma aveva perso parte della conversazione andando avanti e indietro dalla cucina. Questa volta aveva portato un cestino di panini appena tolti dal forno. "Spero che siate tutti affamati. Potete scambiarvi notizie durante la cena."

"Ma Tyler non è ancora arrivato." Guardai fuori dalla finestra, preoccupata che non ci fosse ancora traccia della sua Jeep. L'Escalade di Dominic era già coperto con diversi centimetri di neve fresca e sembrava una montagnetta bianca nel vialetto non curato. "Non possiamo aspettare ancora qualche minuto?"

"Probabilmente non verrà, Cen." Gli occhi di zia Pearl brillarono di malignità. "Eh… Scommetto che ha avuto un'offerta migliore."

Aprii la bocca per rispondere ma mi fermai. Zia Pearl amava provocarmi ma non avrei accettato la sfida.

La mamma scosse la testa. "Ho aspettato più a lungo che ho potuto, cara. Immagino che Tyler sia ancora bloccato là fuori. Scalderò un piatto per lui quando arriverà."

"Va bene." Sospirai, dispiaciuta per me stessa. Va bene lo stesso, decisi. Con Dominic e Merlinda presenti, le cose non sarebbero state nemmeno lontanamente come la Vigilia di Natale in famiglia che avevo sperato.

CAPITOLO 5

uardai il posto vuoto accanto a me, ascoltando per metà la conversazione. La mamma e zia Pearl portarono altri piatti fumanti dalla cucina e poi si misero a sedere.

Il tavolo era imbandito con insalatiere, ripieni, salsa ai lamponi e ovviamente tacchino. C'era circa una ventina di piatti che sarebbero stati sufficienti per sfamare una congrega di streghe affamate e ne sarebbe avanzato.

Ma io avevo perso l'appetito per la preoccupazione che fosse successo qualcosa a Tyler. Lo chiamai sul cellulare ma non rispose.

La mamma incrociò il mio sguardo e mi sorrise, comprensiva.

Le sorrisi anch'io, sperando che la mia delusione non fosse così evidente anche agli altri. Posai un panino caldo sul piatto e passai il cestino a zia Pearl. Se avessi fatto finta di divertirmi, forse poi mi sarei divertita sul serio.

Mi guardai intorno al tavolo, notai che zia Pearl, con il tailleur pantalone di velluto verde, e Earl, con il suo vestito rosso da Babbo Natale, si completavano in uno strano modo. Zia Pearl con i capelli grigi e il velluto verde di festa, sembrava un'anziana signora Natale anoressica. Il vestito rosso di Earl gli pendeva morbido dalle spalle dandogli un aspetto da anziano Babbo Natale hippy.

Zia Amber si mise nel piatto una bella porzione di carote candite e passò il piatto alla mamma, alla sua sinistra. "Voglio lo scoop su questo culto del cargo. Si può iscrivere chiunque?"

"Non c'è un'adesione formale o qualcosa del genere. Non è quel genere di culto," disse Merlinda. "John Frum perlopiù è una leggenda. Anche se è esistito come persona reale, la maggior parte delle storie su di lui sono inventate. Ma a Vanuatu la gente crede veramente che lui abbia il potere di concedere ricchezze ai veri credenti."

"Che genere di credenti?" Stavo ascoltando a metà perché guardavo fuori dalla finestra in cerca di tracce di Tyler.

"È una specie di mito che in qualche modo si è messo insieme negli anni. Alcuni eventi reali sono stati arricchiti perché la gente voleva credere che la storia si potesse ripetere." Merlinda lanciò un'occhiata a Dominic. "La Marina degli Stati Uniti e altre flotte si sono fermate a Vanuatu nel corso della Seconda Guerra Mondiale. Avevano ogni sorta di gadget di cui la gente del posto non sospettava nemmeno l'esistenza, come radio, orologi e altre cose. E incredibili cibi e bevande, come la Spam e la Coca-Cola."

"Non chiamerei incredibile la Spam," Earl si girò verso Merlinda, alla sua destra. "Dovresti provare alcuni dei miei polli nutriti con il mais…"

"Hai venduto la fattoria, Earl. Ti ricordi?" Zia Amber spostò lo sguardo su Dominic. "Immagino che non ci sia mai stata roba del genere a Vanuatu a quei tempi. È un pio desiderio che non danneggia nessuno."

"Come Natale e Babbo Natale," aggiunse zia Pearl. "La storia in parte è reale e in parte inventata."

"Anni fa non si poteva semplicemente ordinare questa roba on-line," disse Dominic. "Soprattutto non a Vanuatu. È un gruppo remoto di isole nel mezzo del nulla. Non c'è niente se non sabbia e palme."

Merlinda annuì. "Gli isolani pensarono che gli stranieri potessero magicamente far apparire ogni genere di beni di lusso. Nessuno a Vanuatu aveva mai visto queste cose prima. Parliamo degli anni tra il 1930 e il 1940, quando la Marina degli Stati Uniti utilizzava le isole come base operativa per la Seconda Guerra Mondiale. Quando i soldati se ne andarono qualche anno dopo, la gente si aspettava che il personale navale americano tornasse indietro."

"Riportasse indietro tutte quelle belle cose e i bei tempi," concordò Dominic. "Solo che non l'hanno mai fatto."

"Magia è il modo in cui la gente chiama le cose che non capisce." Sperai che la conversazione fosse sufficiente a distrarre zia Pearl da qualunque cosa avesse nella manica di velluto verde.

Merlinda annuì. "Vanuatu è difficile da raggiungere anche oggi, e non ci sono molti visitatori. È molto costoso spedire materiale lì. Ci sono molte cose che non sono ancora disponibili e che invece da altre parti si possono comprare facilmente. Potete immaginare come la fantasia della gente si sia eccitata quando sono arrivati degli stranieri con ogni genere di attrezzatura moderna che non avevano mai visto prima. Arrivarono con dei cargo, in altre parole. La gente del posto credeva che tutte quelle cose fossero comparse per magia perché non sapevano come altro spiegarsele. Ecco perché l'hanno chiamato il culto del cargo."

"Ma non c'erano altre persone sulle navi, a parte John Frum? Perché venerare un solo uomo?" Chiesi.

Merlinda alzò le spalle. "John Frum era semplicemente un insieme di tutte le persone che erano arrivate alle isole in quei giorni. Quando se ne sono andati tutti dopo la Seconda Guerra Mondiale, la gente del posto ha incanalato tutte le energie in qualcosa che pensavano avrebbe riportato quei tempi. È stato un desiderio collettivo che è cresciuto sempre più nel corso degli anni."

"Un gruppo di pazzi," disse Earl. "Invece di stare a sognare avrebbero potuto impegnarsi a coltivare il proprio cibo. Non ci hanno pensato?"

"Non puoi coltivare la Coca-Cola e la Spam. Ma che cosa ne sai tu?" Merlinda lo guardò corrucciata. "Tu non ci sei mai stato. Probabilmente non hai mai lasciato lo stato di Washington."

Earl sbuffò. "Non c'è bisogno di viaggiare per il mondo per riconoscere il pensiero magico quando lo vedo."

Zia Pearl si accigliò. "Senti Earl... Penso che quello che Merlinda sta cercando di dire è che..."

"Merlinda! Cosa ti ha preso?" Dominic scosse la testa. "Il povero Earl stava semplicemente facendo una domanda."

"No, stava discutendo con me come fa sempre." Si girò verso Earl. "Accettalo, Earl. A Pearl non piaci e lei vorrebbe che tu la smettessi di starle dietro."

"Non l'ho mai detto, Merlinda." Il volto di zia Pearl si fece rosso paonazzo, la pelle in contrasto con il vestito di velluto verde. L'umore festivo di qualche momento prima era sparito.

Earl si mise a ridere. "Certo che non l'hai fatto, Pearl. Voglio dire, praticamente mi hai pregato di venire per cena."

Sembrava un po' inverosimile, ma d'altra parte zia Pearl aveva effettivamente invitato altre persone, quindi la pretesa di Earl poteva anche contenere un po' di verità. La zia non aveva mai invitato gente a casa prima. Ed eccoci qui, con un gruppo di insoliti ospiti a cena per la Vigilia di Natale. Stava decisamente combinando qualcosa.

La mamma cambiò argomento e tornò a Vanuatu. "Che cosa ha a che fare questo culto del cargo con Merlinda?"

"Merlinda ha dei poteri speciali," disse Dominic. "Può far apparire le cose dal nulla."

Quindi Dominic sapeva che Merlinda era una strega, dopo tutto. Abbastanza ovvio dato che era una studentessa della Scuola di Fascinazione di Pearl. Probabilmente immaginava che anche noi fossimo streghe.

Guardai Earl. Se sapeva qualcosa riguardo i nostri poteri magici non lo lasciava vedere. Ma dato che era continuamente intorno a zia Pearl, come faceva a non saperlo?

"Non so come fa Merlinda a far apparire tutta quella roba, ma lo fa. È una cosa incredibile. Ah, quasi mi dimenticavo." Dominic infilò una mano in tasca e le passò un piccolo pacchetto di erbe essiccate. "La tua medicina."

"Grazie a Dio! Ne avevo proprio bisogno." Merlinda aprì il pacchetto e sparse l'intero contenuto sul purè di patate. Mescolò la polvere verde e le patate con una forchetta.

"Ehi, che roba è?" Earl puntò il braccio con la manica rossa e il bordo di pelliccia verso il piatto di Merlinda. La sua lunghezza raggiungeva in diagonale tutto il tavolo e passava esattamente sopra al piatto di Dominic. Earl guardò di traverso le patate di Merlinda. "Sembra marijuana."

Dominic allontanò il braccio di Earl. "Ehi, togli il tuo braccio dal mio cibo." Spostò la spalla e bloccò il braccio di Earl. "Hai mai visto l'erba, vecchio? Non ha per niente quell'aspetto."

Merlinda li ignorò. Ingoiò una forchettata di purè e continuò con la sua storia. "Quello che faccio non è per niente incredibile, davvero. Pearl mi ha insegnato che se vuoi veramente qualcosa, devi solo concentrare il potere della tua mente su quella cosa e il tuo desiderio si avvera. Questo in pratica è quello che faccio."

"Hai sentito, Cen?" Zia Pearl mi indicò con la forchetta.

Io la guardai di traverso.

Finalmente zia Pearl aveva la pupilla che desiderava. E probabilmente era anche una sua confidente. Che la mancanza di rispetto di Merlinda fosse intenzionale o no, io la presi in quel modo, un velato riferimento alla stregoneria e al fatto che io ero una strega scarsa semplicemente perché non mi applicavo a sufficienza.

Ma il motivo non era per niente quello. Io semplicemente avevo sempre pensato che i miei poteri magici mi dessero un vantaggio scorretto dato che la maggior parte della gente non poteva lanciare incantesimi. In qualche modo mi sembrava di imbrogliare. Allo stesso tempo, mi sembrava anche sbagliato sprecare i miei talenti naturali. Io non avevo fiducia in me stessa, perché qualcun altro avrebbe dovuto averne?

Avrei potuto usare la magia per far finire la giornata di lavoro di Tyler. Cioè, se avessi imparato gli incantesimi necessari. Forse non era troppo tardi. Visualizzai Tyler sull'autostrada accucciato contro il vento mentre afferrava la maniglia della portiera della sua Jeep. Poi era al sicuro all'interno, metteva in moto…

"Cen?" La voce di zia Pearl penetrò nel mio sogno a occhi aperti.

"Eh?"

"Ti immagini che razza di motivazione avresti se vivessi a Vanuatu?" Disse zia Pearl. "Non avresti altro da fare che far pratica tutto il giorno…"

Interruppi il tentativo di zia Pearl di cambiare argomento. Ero preoccupata che rivelasse che eravamo tutte streghe. "Vanuatu sembrerebbe un paradiso."

"Ci sono pro e contro. In realtà non c'è molto da fare a parte inventare storie," disse Dominic. "Bere e fare surf."

"E magari fare pratica di magia." Zia Pearl fece sbattere le ciglia con falsa innocenza.

Zia Amber trattenne il fiato, la forchetta ferma a mezz'aria.

"Pearl!" La mamma la fulminò con lo sguardo.

"Stavo solo facendo un po' di chiacchiere," disse zia Pearl. "Cosa c'è di male?"

Notai per la prima volta le lunghe ciglia finte di zia Pearl. Aveva anche un ombretto verde esattamente della sfumatura del vestito. Lei non indossava mai trucco sugli occhi, mai.

L'unico momento in cui si preoccupava del suo aspetto era quando cambiava forma e si trasformava in Carolyn Conroe, il suo alter ego alla Marilyn Monroe. E quello succedeva quando voleva ingannare le persone. Ora che ci pensavo, non si trasformava da mesi. Sembrava soddisfatta, quasi felice, nella sua pelle.

Poteva essere l'effetto di Earl. Zia Pearl non l'avrebbe invitato e non avrebbe incoraggiato le sue attenzioni se non avesse provato anche lei qualcosa. Forse per questo motivo a Merlinda non piaceva per niente. Earl era in competizione con lei per le attenzioni di zia Pearl. Una specie di strano triangolo d'amore senza romanticismo.

Zia Pearl all'improvviso fece cadere il purè di patate. Ma il piatto non si schiantò sul tavolo. Invece volò verso di me, fuori portata.

Avevamo un accordo di servizio di non praticare la magia o parlarne davanti alla gente comune. Ma quella sera zia Pearl l'aveva messa in mostra, come per provocarci a dire qualcosa.

Beh, io non le avrei dato la soddisfazione di cadere nella sua trappola. Invece, mi sporsi in avanti e afferrai il piatto. Lo appoggiai sul tavolo con un po' più di forza di quanto fosse necessario. Ma c'erano piatti su tutta la superficie del tavolo. Invece di atterrare su uno spazio vuoto il piatto colpì il lato della vaschetta per la salsa, facendola rovesciare. La salsa si rovesciò tutta sulla tovaglia di lino bianca della mamma.

"Oh no! Prendo uno straccio." Zia Amber saltò su dalla sedia e si precipitò in cucina. Ritornò qualche minuto dopo e ripulì il disastro. "Raccontaci meglio di questo culto del cargo."

"A Vanuatu prendono davvero sul serio questa cosa del culto del cargo," aggiunse Dominic. "Ogni anno si festeggia il John Frum Day. La gente del posto si veste da marinai, con uniformi complete della Marina degli Stati Uniti e finte armi intagliate nel legno. La maggior parte della gente si gode la festa, ma molti altri credono segretamente che se continuano a praticare il rito, John Frum tornerà e li renderà ricchi."

Merlinda agitò la forchetta per dare maggiore enfasi. "La gente di Vanuatu crede ancora, o forse ci crede a metà, nel soprannaturale. Ma quelli che ci credono ormai sono in minoranza. Questo è un grande problema per alcuni leader locali che pretendono di avere una connessione spirituale con John Frum. A loro conviene conservare il mito quindi spaventano la gente per portarlo avanti. In questo modo mantengono il potere facendo sì che la gente creda nella loro connessione speciale. Proclamano che quando finalmente John Frum ritornerà a Vanuatu premierà solamente i veri credenti."

"Come un messia religioso?" La conversazione a cena fu molto più interessante di quello che avrei pensato.

Dominic rise. "È a malapena una religione. Assomiglia più alla storia di Babbo Natale che viene a portare i regali ai bambini, a parte che John Frum Day è il 15 febbraio."

"Oh, che divertente! San Valentino e poi John Frum Day. Feste una dopo l'altra!" Zia Amber butto giù il suo vino e appoggiò il bicchiere vuoto sul tavolo.

Merlinda si accigliò ma rimase in silenzio mentre raccoglieva i resti del piatto.

"E in tutto questo tu cosa c'entri, Dominic?" Versai un abbondante porzione di salsa ai mirtilli sul mio piatto già pieno.

"Io non c'entro niente, ma Merlinda per loro è una vera minaccia" disse Dominic. "Sanno che è una strega. Se non collaborerà la renderanno innocua in modo che non possa più minacciare la loro lucrosa esistenza."

Quindi Dominic conosceva le capacità soprannaturali di Merlinda. Le streghe confidavano i loro segreti solo agli amici più stretti e alla famiglia, quindi la loro relazione doveva essere seria.

"Collaborare come?" Chiese la mamma.

Dominic sospirò. "Alcuni leader locali hanno offerto a Merlinda un sacco di soldi per far apparire alcuni nuovi camion e computer."

"Questo è del tutto contrario alle regole della WICCA." A differenza di zia Pearl, zia Amber faceva tutto secondo le regole… A parte quando subiva un po' troppo l'umore festivo. "Spero che non abbiate accettato quell'offerta."

"Certo che no, Amber. Conosco le regole." Merlinda sembrò offesa dall'insinuazione di zia Amber.

Il volto di Earl rimase privo di espressione. Se era perplesso dal riferimento alla WICCA non lo fece vedere. Era evidente che avesse qualche idea della nostra magia ma non faceva mai domande. Forse non gli importava. O forse sapeva tutto.

CAPITOLO 6

"Raccontaci ancora di John Frum," disse zia Pearl.

Merlinda annuì. "Si tratta di una leggenda così antica che non ne so molto di più di quello che vi ho già detto. Ultimamente il culto sta scomparendo."

"E questo è un altro motivo per cui vogliono l'aiuto di Merlinda: per far risorgere il mito con una nuova visione di John Frum." Disse Dominic. "Rendere tutti felici e così i politici vengono rieletti. Ma dobbiamo essere noi a comandare. Merlinda mantiene vivo il mito e noi possiamo anche guadagnare un bel po' di soldi."

"Che cosa intendi con 'noi'?" Chiesi. "Avete intenzione di fingere il ritorno di John Frum?" Ora Dominic mi piaceva ancora di meno.

Dominic agitò la mano in aria. "No. Solo dare alla gente quello che vuole. In ogni caso qualcuno lo farà, quindi potremmo anche essere noi."

"Ma Merlinda è una femmina," protestò zia Amber. "Non è possibile scambiarla per un uomo."

"E qui entro in gioco io," disse Dominic. "Indosserò un travestimento e mi farò passare per Frum. Distribuirò nuovi camion e televisori mentre Merlinda li fa apparire di nascosto. Li venderemo al di sotto del valore di mercato e faremo una fortuna."

44

"In questo modo hai tutto il guadagno. Ma è Merlinda che fa tutto il lavoro," disse zia Amber.

Merlinda alzò spalle. "A me non interessa, Amber. Io desidero solo non dover più aver a che fare con quell'attenzione."

"Tu comunque ne ricaverai un profitto. Hai appena detto che non vuoi sfruttare i tuoi poteri con i leader locali. Non capisco come fare la stessa cosa con Dominic sia differente." Abbandonai ogni pretesa di nascondere il nostro segreto di streghe. Ne stavano parlando tutti apertamente e io non avrei certo fatto un danno.

"Non sto sfruttando niente," disse Merlinda. "Faccio solo quello che so fare. Non c'è niente di male nell'esaudire i desideri della gente, no? Se Dominic ci vuole guadagnare io non lo fermerò. Non lo farò io quindi non andrò contro nessuna regola della WICCA. La gente può trarre le sue conclusioni su John Frum."

"È solo un dettaglio tecnico." Nessuno sembrò udirmi.

"Ma se realizzare i desideri è davvero la cosa che fa sì che la gente ti segua, perché continuare a farlo? Non è come incoraggiarli ancora di più? Non c'è quantità di soldi che valga il temere per la tua vita." La domanda apparentemente innocente di zia Amber era il suo modo di arrivare al punto, di trovare un'infrazione in modo da poter abbattere l'intero schema. Merlinda non sembrava più così splendida. Forse Dominic la controllava.

"In qualche modo bisogna guadagnarsi da vivere," disse Dominic. "Non c'è molta possibilità di lavoro a Vanuatu. Il negozio di diving va a malapena in pari. Potrei perdere il lavoro in ogni momento."

Anche a Westwick Corners non c'era molto lavoro. E comunque noi non andavamo in giro a far apparire beni di consumo. Nemmeno zia Pearl arrivava ad aggirare il sistema fino a quel punto.

"Ma in questo modo non vi state arricchendo alle spalle di quella povera gente e delle loro fantasie?" Chiesi. "Credono in qualcosa che non succederà mai."

"Per niente," disse Dominic. "Stiamo realizzando i loro sogni. Li intratteniamo dandogli quello che vogliono. E se io faccio la parte di John Frum, tolgo un sacco di pressione da Merlinda."

"Quanto sei generoso," scattò zia Pearl. Era gelosa di Dominic. Le aveva portato via le luci della ribalta, almeno ai suoi occhi.

"Diamo ai leader locali quello che vogliono e siamo tutti contenti." Diede una pacca amichevole sulla mano di Merlinda. "Uno di loro sta facendo di tutto per mantenere il potere. E non vuole nemmeno essere scalzato da una donna. Penso che abbiamo trovato la soluzione perfetta."

Zia Pearl sbuffò. "Merlinda fa tutto il lavoro e gli uomini si prendono il merito? Sei solo l'ultimo della serie. Io non penso proprio."

Dominic alzò gli occhi al cielo. "John Frum deve essere un uomo secondo tutte le storie. A chi interessa il merito se diventiamo ricchi? La gente può avere nuovi camion, televisori o quello che vogliono a un prezzo ridicolo. Sono tutti felici. La gente fa affari, Merlinda e io facciamo un po' di soldi e i leader locali prendono il merito del ritorno di John Frum. Così si tengono stretto il potere."

Merlinda rimase in silenzio, lasciando che parlasse Dominic.

"Funziona così, almeno in teoria. I leader dipendono da Merlinda per mantenere il potere. Hanno bisogno che lei crei i beni di lusso che fanno tutti felici. Ma Merlinda per loro non è solo un'enorme opportunità." Dominic fece un respiro profondo. "È anche una minaccia. I leader perderanno il loro vantaggio se perdono il controllo dei poteri di Merlinda nei confronti di un rivale. Non possono dare per scontata la lealtà continua di Merlinda. Hanno in mente di rapirla per assicurarsi la fornitura ininterrotta e il monopolio del culto del cargo."

"I leader non possono costringere Merlinda a lavorare contro la sua volontà. Non hanno leggi sul lavoro a Vanuatu?" Zia Amber si girò verso Merlinda. "Non puoi tornare là, cara. Devi restare qui per la tua sicurezza."

Merlinda annuì ma non disse niente.

Pur essendo una strega davvero potente, Merlinda sembrava indifesa. Sembrava contenta che Dominic facesse soldi alle sue spalle e che i leader locali sfruttassero la sua magia. Anche zia Pearl voleva tenere Merlinda per sempre alla Scuola di Fascinazione di Pearl. E Merlinda aveva il potere di fermare tutto... Se davvero avesse voluto.

"Merlinda è davvero in grossi guai," disse Dominic. "La rivalità tra i leader è così grande che uno di loro potrebbe anche volerla uccidere per evitare che gli altri possano sfruttare il suo potere. Ecco dove entro in gioco io. Mantengo Merlinda al sicuro e contemporaneamente loro felici."

"Sembra pericoloso." La mamma trattenne il fiato e si portò la mano al petto. "Perché voi due volete tornare là? Potete entrambi trovare un lavoro da un'altra parte."

Zia Pearl si grattò il mento. "Non ci si può opporre a quei bulli. Bisogna batterli al loro stesso gioco."

Scoccai un'occhiata di allerta a zia Pearl. Era un po' troppo pronta a sollevare problemi.

Zia Amber sospirò. "Almeno qui siete al sicuro. Comunque capisco perché volete tornare. La casa è la casa e amici e famiglia sono tutti là. Parlando di famiglia, qualcun altro nella tua famiglia ha questi poteri speciali?"

Merlinda alzò le spalle. "Sono figlia unica, l'unica nella mia famiglia con i poteri. Mia madre li aveva, ma non c'è più."

"La polizia non ti può proteggere da questi uomini?" Chiesi.

"Mi piacerebbe." Merlinda scosse lentamente la testa. "Uno dei leader è il capo della polizia. L'altro è il sindaco, quindi non mi aiutano. Entrambi portano avanti la leggenda di John Frum. Se non li aiuto, rischiano che io riveli il loro inganno. Posso dimostrare che il culto è un'invenzione."

La mamma sospirò. "Povera piccola. C'è qualcun altro a Vanuatu che ti può aiutare?"

"Veramente no," disse Merlinda. "Il capo della polizia si dà il caso che sia mio padre."

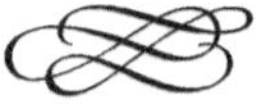

CAPITOLO 7

Stavamo ancora discutendo del problema del culto del cargo di Merlinda quando suonò il campanello della porta.

Il mio cuore fece un salto. Finalmente era arrivato Tyler!

Corsi alla porta d'ingresso e la spalancai. Fui pervasa dal sollievo quando guardai nei caldi occhi marrone di Tyler. La giacca da sci bagnata era aperta e mostrava l'uniforme da sceriffo. I pantaloni cachi erano inzuppati di neve fino alle ginocchia e sembrava esausto.

E sexy da morire, anche così bagnato.

Quando me lo tirai vicino a e lo baciai, la barba sfatta mi solleticò il mento. "Ero così preoccupata per te. Ho cercato di chiamarti e... Grazie a Dio ce l'hai fatta."

Lui sogghignò. "Mi dispiace, il mio telefono è morto. Pensavo che non sarei mai arrivato. Ho pensato a questa cena per tutto il giorno. Come si sta comportando Pearl?"

Io annuii. "È preoccupata. Merlinda ha perso il suo volo stamattina e abbiamo anche un ospite inaspettato." Gli raccontai tutto mentre prendevo la sua giacca e l'appendevo sull'attaccapanni. Con tutte le distrazioni e l'atmosfera festiva, sperai che zia Pearl non tormentasse Tyler come faceva di solito.

Tyler fece un cenno con la testa verso la porta. "Questo spiega l'Escalade. Qualcuno che conosco?"

Scossi la testa. "Il ragazzo di Merlinda, Dominic, ha guidato fin qui da Shady Creek dopo essere arrivato in aereo da Vanuatu per una visita a sorpresa. Zia Pearl lo ha invitato per fare una sorpresa a Merlinda, a parte che non lo ha detto nemmeno a noi. Ma la cosa strana è che Merlinda non avrebbe dovuto essere qui. Il suo volo è stato cancellato all'ultimo minuto a causa della tempesta."

"Vanuatu è nel Sud Pacifico, giusto?"

Io annuii. "Dominic è, ehm… Un tipo normale." Tyler sapeva che eravamo streghe. Doveva sapere che lo era anche Merlinda dato che frequentava la Scuola di Fascinazione di Pearl. Come molta gente del posto, Tyler non aveva avuto molto che fare con Merlinda perché se ne stava per i fatti suoi e raramente andava in città.

Tyler ridacchiò. "Davvero Pearl li ha invitati? E da quando Pearl organizza feste?"

"Da adesso." Gli strinsi il braccio e lo tirai verso di me per un altro bacio. "Devi vedere per credere. Ah, c'è anche Earl."

Tyler sogghignò. "Bene. Un altro tipo normale così non mi sentirò in minoranza."

Fece un salto sentendo gorgheggiare una voce di donna alle mie spalle. "Wow! Questo gran figo mi ha migliorato notevolmente la serata." Fece un fischio.

Mi ero completamente dimenticata del fantasma di Nonna Vi. Mi dava sempre un po' fastidio il fatto che Tyler le piacesse almeno quanto piaceva a me.

Tyler si accorse che avevo sussultato. "Cosa ti succede?"

Io mi allontanai dall'abbraccio di Tyler e alzai le spalle. Lui non poteva vedere né sentire Nonna Vi. E spiegargli che mia nonna era un fantasma avrebbe solo suscitato più domande che risposte. Lui sapeva che eravamo streghe ma non aveva idea che la matriarca della famiglia sopravviveva come fantasma molto dopo la morte. Odiavo dover tenere una cosa segreta. D'altra parte, la sua sciocca passione e presenza costante ogni volta che lui veniva da queste parti era piuttosto antipatica, come minimo.

"Ero così preoccupata per te, lì fuori nella tempesta," dissi. "Poi è arrivato Dominic. A dire la verità, il ragazzo di Merlinda mi spaventa. Penso di essere un po' tesa."

La nonna volteggiò qualche metro sopra di noi. "Tyler ci proteggerà da quel malandrino. Non riesco a credere che hai lasciato entrare qui quel furfante."

"Non avevo scelta..." Mi fermai a metà della frase.

"Eh?" Si accigliò Tyler.

"Zia Pearl sta organizzando qualcosa," dissi. "Non ha invitato Dominic per bontà d'animo. Ha in mente un piano. Di cosa si tratti, non lo so."

Sperai solo che le cose non andassero fuori controllo.

Tyler ridacchiò. "Non vedo l'ora di capire che cosa ha in mente Pearl. Potrebbe distoglierla da me, per una volta."

Zia Pearl disprezzava Tyler. Aveva dovuto limitare la sua piromania da quando lui era diventato sceriffo. I suoi tentativi per cacciarlo dalla città non avevano mai funzionato. Lui cercava sempre di fargliela pagare per le sue sceneggiate, qualche volta svergognandola in pubblico. Nessuno riusciva a tenerla a posto quanto lui e lei ne era decisamente risentita.

"Tu sei il centro dell'attenzione, figliolo." La nonna volteggiava alle spalle di Tyler. Ammirò il suo posteriore con approvazione. "Se fossi stata un po' più giovane, ti avrei tenuto per me."

"Basta!" Mi girai verso Nonna Vi e feci un segno di cerniera attraverso le labbra.

"Basta cosa? Non sto facendo niente." Le sopracciglia di Tyler si incresparono. "Perché ti comporti in modo così curioso?"

"Scusa. È stata una giornata impegnativa." Nonostante finalmente Tyler fosse arrivato, la perfetta Vigilia di Natale che aspettavo da tanto non ci sarebbe stata. Anche se ero sollevata e felice che ci fosse Tyler, non volevo che il tempo che passavamo insieme fosse pieno di distrazioni, ospiti da intrattenere o qualunque altra cosa.

Nonna Vi arricciò le labbra e mi lanciò un bacio, prendendomi in giro come solo i fantasmi possono fare.

Io la ignorai, distratta dall'ululare del vento che spostava neve sulla soglia. Ero stata così presa dall'arrivo di Tyler che mi ero dimenticata di chiudere la porta. La sbattei immediatamente. "Dimentichiamoci di zia Pearl. Sono felice che finalmente sei qui."

Mi allacciò le braccia intorno alla vita e mi trascinò in un lungo e lento bacio. "L'ho desiderato per tutto il giorno."

"Bravo!" Nonna Vi volò poco distante da noi e applaudì.

Almeno l'arrivo di Tyler aveva tirato fuori Nonna Vi dalla sua depressione. Diventava sempre un po' malinconica nel periodo di Natale. Le vacanze le ricordavano i tempi passati e il fatto che non stavamo più così bene economicamente.

Gestire la locanda non era necessariamente una cosa negativa. Il bed and breakfast ci teneva occupate e fuori dai guai per la maggior parte del tempo. Incontravamo persone e contribuivamo all'economia della città. Il guadagno ci permetteva di vivere in modo confortevole senza dover viaggiare per cercare lavoro in comunità più grandi come facevano molti dei nostri vicini. Era davvero il meglio di entrambi i mondi.

Ma i fantasmi non hanno bisogno di denaro e Nonna Vi voleva semplicemente indietro la sua casa. Ora, l'unica settimana in cui eravamo chiusi era stata invasa da estranei. Dominic non avrebbe nemmeno pagato.

Almeno per quella sera, provavo gli stessi sentimenti di Nonna Vi. Dopo tutto era la Vigilia di Natale. Per fortuna la presenza di Tyler era una piccola consolazione per lei. Lo adorava, anche se lui non sapeva nemmeno che lei esistesse.

Il volto di Nonna Vi si illuminò come se mi avesse letto nel pensiero. In effetti, lo aveva fatto. La lettura del pensiero era uno dei suoi talenti soprannaturali.

Il suo sorriso era contagioso. Prima che potessi controllarmi, sorridevo anch'io.

"Cosa c'è di divertente?" Tyler seguì il mio sguardo. "Hai già esagerato con i brindisi?"

Nonna Vi agitò un dito. "Oh! Qualcuno ha un segreto. Ruby sa quanto siete caldi e appassionati voi due? Forse stasera glielo chiederò."

Ovviamente la mamma lo sapeva. La nonna stava solo cercando di provocare la mia reazione. Io alzai il braccio con il palmo all'esterno, come per dirigere il traffico. "Smettila."

"Smetti cosa?" Tyler perlustrò il corridoio, rimanendo deluso per non aver visto nessuno. "Si tratta ancora delle stranezze della tua famiglia?"

"Ehm, sì… Qualcosa del genere. Perché non andiamo in sala da pranzo? Ci siamo appena seduti a mangiare. Io arrivo tra un attimo."

"Ah. Va bene." Sul suo volto apparve la delusione.

Bene. Ora Tyler pensava che ce l'avessi con lui. Aspettai finché non poté più sentire. "Dacci un taglio, nonna."

Nonna Vi batté le mani. "Lui è così un bel giovanotto e tu sei così scontrosa. Non fartelo scappare, Cen. Sareste una coppia deliziosa!"

"Siamo già una coppia. E tu sei fuori." Girai le spalle a Nonna Vi e mi diressi in sala da pranzo.

Lei mi venne dietro, la sua aura di fantasma un misto di arancio e rosso di rabbia. "Mi dai della pazza? Mia nipote, carne della mia carne, lancia insulti quando tutto quello che sto cercando di fare è amicizia…"

"Stai esagerando, nonna. Sai che non intendevo quello." Mi fermai in salotto, decisa a porre fine al nostro piccolo litigio prima di raggiungere gli altri in sala da pranzo. "Andiamo a mangiare."

"Sono un fantasma, Cen. Sai che non posso mangiare. Smettila di schernirmi." Si strofinò lo stomaco con una mano trasparente.

"Scusa, nonna. Volevo dire che mi mancheresti se non ti sedessi a tavola con noi."

Facemmo entrambe un salto quando una ventata spalancò la porta d'ingresso. La porta sbatté contro il muro poi si richiuse per metà.

Corsi verso l'ingresso, ero sicura di averla chiusa.

Una voce di donna mi fece trasalire. Non era stato il vento.

CAPITOLO 8

"*A*spetta!" Una bionda ossigenata in giacca di pelle nera mi fece un cenno mentre camminava veloce lungo il vialetto. La minigonna di paillette finiva poco sotto la giacca, mostrando le gambe cicciottelle. L'unica cosa che indossava, appropriata al clima, erano i doposcì. A giudicare dallo strano modo di camminare, erano troppo grandi, probabilmente prestati. Una maxi borsa di pelle rossa le pendeva dalla spalla. Portava un paio di scarpe col tacco in una mano e una bottiglia di vino nell'altra.

"Posso aiutarla?" Uscii sul portico e mi chiusi alle spalle la porta d'ingresso. Rimasi lì senza scarpe, con le braccia incrociate per difendermi dal vento ghiacciato e dalla temperatura invernale.

"Ci puoi scommettere che mi puoi aiutare. Tu devi essere Cen." Si fermò alla base dei gradini e si lasciò sfuggire un enorme sospiro. Rimase lì, come se si aspettasse che io scendessi le scale per andarle incontro.

Non lo feci. "Sono io. Ci conosciamo?"

Lei salì le scale senza rispondere. Infilò la bottiglia tra le mie braccia. "Ecco, prendi questo."

Presi la bottiglia e lei mi oltrepassò, lasciando cadere la neve sui

53

miei piedi con i calzini. Riconobbi la marca. Era un vino bianco economico che vendevano nelle stazioni di servizio e nei piccoli supermercati aperti ventiquattro ore, probabilmente un acquisto dell'ultimo minuto perché non era nemmeno fresco.

Non l'avevo mai vista e Westwick Corners era così piccola che conoscevo tutti in città. Conoscevo anche la maggior parte degli ospiti di fuori città invitati dalla gente del posto. Molti di questi non erano riusciti ad arrivare a causa della tempesta di neve. Invece questa tizia era qui e si comportava come se fosse la padrona di casa.

La seguii mentre lei aspettava ansiosa alla porta d'ingresso.

La bionda finta arrivò alla porta e sbatté i doposcì per toglierne la neve. Era impaziente che io aprissi la porta. "Mi fai entrare? Devo entrare e scaldarmi."

"Oh cielo!" Nonna Vi volteggiava al mio fianco. "Non mi piace l'aspetto di questa sgualdrina."

Io fulminai Nonna Vi prima di girarmi verso la donna. "Grazie. Il vino sembra delizioso. Lei è un'amica di…"

Lei tese la mano. "Sono Gail. Brayden non ti ha detto che sarei venuta?"

"Aspetta… Cosa?" Le strinsi la mano e mi girai. Un uomo correva sul dialetto. Mi sentii sprofondare quando riconobbi Brayden, mio ex fidanzato. Di certo doveva sapere che il suo abituale invito alla cena della Vigilia di Natale della famiglia West era terminato quando avevamo rotto il fidanzamento all'inizio dell'anno. Brayden era egocentrico ma non così stupido.

O forse lo sapeva e aveva deciso di venire in ogni caso. Addirittura con una ragazza. Conoscendolo, probabilmente stava cercando di farmi ingelosire. O, perlomeno, farsi vedere con qualcuno dato che io sarei stata con Tyler.

Brayden fece un cenno con la mano e accelerò il passo. "Ehi, Cen. Vedo che hai già conosciuto la mia ragazza, Gail." Diede enfasi alle ultime parole per fare più effetto.

"Io ehm… Non ti aspettavo. Cosa fai qui?" Essendo il sindaco di Westwick Corners, Brayden era anche il capo di Tyler. Dubitavo che questa visita fosse collegata al lavoro. La bottiglia di vino portata da

Gail lo confermava. La mia Vigilia di Natale peggiorava ogni momento di più.

"Pearl non te l'ha detto? Mi ha invitato… Voglio dire ci ha invitati." Appoggiò una mano sulla spalla di Gail. "Entriamo. Qui fuori si gela."

Nonna Vi alzò lo sguardo mentre Gail e Brayden la superavano nell'atrio. Cominciò a cantare una canzone di Shania Twain. *Ooh, there's gonna be a party!*

"Nonna, smettila!" Il mio sussurro era abbastanza forte da far fermare Brayden all'improvviso. Si girò.

"Vedo che parli ancora da sola." Appoggiò i cappotti sul corrimano della scala dell'ingresso. Si girò e fece un sorriso furbetto prima di seguire Gail verso la sala da pranzo.

Io chiusi la porta e mi ci appoggiai. Era chiaro che zia Pearl aveva in mente qualcosa. Ero davvero infuriata con lei per aver invitato tutte queste persone. Si era improvvisamente trasformata da asociale a organizzatrice di feste, invitando persone con cui non avrei voluto trascorrere nemmeno un minuto. Forse era questo il tema della festa, considerato l'arrivo del mio ex fidanzato e la sua curiosa nuova fidanzata.

"Non si tratta sempre di te, Cen." Nonna Vi si introdusse nei miei pensieri. "Rilassati."

Forse questa strana lista di ospiti era un tentativo di zia Pearl di far ridere. I giochi di magia erano una tradizione di famiglia alla Vigilia di Natale. Lanciavamo incantesimi maligni e cercavamo di superarci in magia con maledizioni soprannaturali. Ma non coinvolgevamo mai le persone normali. Temevo che zia Pearl avesse voluto esagerare.

Mi diressi in sala da pranzo e posai sul tavolo la bottiglia di vino da stazione di servizio di Gail. Il mio Natale da sogno stava prendendo la forma di un incubo e non poteva che peggiorare.

E io non ci potevo fare assolutamente niente.

Anche se l'ultima persona con cui avrei voluto trascorrere la Vigilia di Natale era l'uomo che avevo abbandonato sull'altare. Anche se lui aveva avuto il coraggio di portare la sua nuova ragazza. Anche se il mio romantico Natale da sogno era rovinato.

E anche se sapevo che zia Pearl aveva in mente qualcosa, non avevo il potere di fermarla.

56

CAPITOLO 9

Quel particolare assortimento di ospiti rendeva strana e artificiosa la conversazione al tavolo da pranzo. Zia Pearl aveva insistito perché Gail e Brayden sedessero di fronte a Tyler e me, così eravamo costretti a guardarci tutta la sera. La sua organizzazione dei posti senza dubbio era fatta per provocare una reazione tra il mio attuale e il mio precedente fidanzato.

Zia Amber sedeva alla sinistra di Tyler e zia Pearl era al mio fianco destro, mi sentivo stretta in una specie di panino tra zie.

Merlinda sedeva alla sinistra di Brayden. Dominic era accanto a Merlinda con Earl-Natale sull'altro lato, all'estremità della tavola. La mamma era all'altro capo, vicino alla porta della cucina.

Il sorriso mostrato da Gail qualche momento prima era stato sostituito da un'espressione corrucciata. Si era fissata su Merlinda e non in senso positivo. All'inizio, aveva lanciato qualche occhiata di traverso, ma ora la stava letteralmente fulminando con lo sguardo. Niente di strano, dato che Brayden guardava Merlinda in modo sfacciato.

Non potevo biasimare Gail per essere gelosa ma la sua reazione mi sembrò un po' ossessiva. I suoi occhi scintillavano di odio mentre teneva d'occhio ogni movimento di Merlinda. I guai erano in arrivo. Ormai era quasi il momento.

57

Il divertimento di Brayden per il fatto di essere conteso tra le due donne era evidente. In ogni caso, si godeva un panino appena sfornato senza rendersi assolutamente conto dell'umore sempre peggiore di Gail.

"Rosso o bianco?" Earl stappò il vino rosso e versò bicchieri di merlot e poi di vino bianco, un Sauvignon blanc. Io scelsi il rosso come fecero gli altri a parte Gail, Brayden e Merlinda, che preferirono il bianco.

Dominic scosse la testa e indicò la sua bottiglia. "Io continuo con la birra."

Earl finì di versare il vino e poi si servì lo zabaione. "Voglio provare uno dei miscugli di Amber. Da quello che vedo c'è dentro un po' di ponce."

Zia Amber ridacchiò e sollevò il bicchiere in un tentativo di brindisi. "Giusto un pochino."

Zia Pearl era insolitamente ciarliera e si vantava dei risultati accademici di Merlinda, anche se in termini non specifici. Di sicuro stava cercando di farmi sentire in colpa e desiderare di riprendere le lezioni alla Scuola di Fascinazione di Pearl. Io di certo non avrei abboccato. Mentre zia Pearl faceva la sua tiritera su Merlinda, i miei pensieri presero il volo.

Gail sollevò il bicchiere di vino alle labbra e all'improvviso lo picchiò sul tavolo, versando vino dovunque.

Fui riportata di colpo alla realtà mentre guardavo una Gail infuriata dall'altra parte del tavolo. Qualcuno o qualcosa l'aveva sconvolta e io ero troppo distratta per averlo notato. Qualunque cosa fosse stata aveva provocato la rabbia di Gail. Era una miccia accesa pronta ad esplodere in ogni momento. Avrei voluto dire qualcosa ma sembrava che, a parte me, nessun altro l'avesse notata.

Zia Pearl mi diede un colpetto sulla mano, apparentemente ignara della rabbia di Gail. "Tutto quello che devi fare è impegnarti, Cen. Non lasciar perdere. La scuola non è così difficile."

Gail la interruppe prima che io potessi rispondere. Si sporse in avanti e fissò storto Merlinda. "Che cosa esattamente stai studiando qui a Westwick Corners, Merlinda?"

"Ehm... Filosofia e misticismo," disse Merlinda.

Brayden si agitò a disagio sulla sedia.

Dubitavo che il suo disagio nascesse dal cattivo umore di Gail o dal riferimento al misticismo. In generale non si interessava dei sentimenti degli altri. Più probabilmente il motivo era che nessuno gli aveva ancora passato il piatto con il tacchino.

"Non c'è nessuna università a Westwick Corners," osservò Gail. "Dove vai a scuola?"

Nonostante i miei sentimenti per Merlinda, sentii la necessità di intromettermi. "Merlinda sta facendo delle ricerche per la sua tesi. Tu cosa fai qui, Gail?"

La mamma spalancò la bocca. "Quello che Cen vuole dire è..."

"Non ti ho mai vista prima in città, Gail," proseguii. "Ti sei appena trasferita?" Forse non l'avevo notata prima a Westwick Corners perché Brayden cercava di evitarmi. D'altra parte, Brayden l'aveva portata alla nostra festa della Vigilia di Natale. Altro che evitare. No, era troppo egocentrico per pensare ai miei sentimenti come un passo falso sociale. Ma in ogni caso, una persona l'aveva notata.

Merlinda. Brayden non riusciva a toglierle gli occhi di dosso. Se lei non fosse vissuta come una reclusa, probabilmente l'avrebbe incontrata prima in città. E forse le cose sarebbero state molto meno strane.

Gail scosse la testa. "Ah, no. Io vivo a Shady Creek. Brayden e io di solito stiamo da quelle parti. Non siamo riusciti a rientrare perché l'autostrada era chiusa, così Pearl ha insistito che venissimo a cena qui..."

"Sono felice che abbiamo accettato." La voce di Brayden si affievolì mentre fissava come in trance Merlinda.

Mi girai verso Tyler. Sembrava immune al fascino di Merlinda.

"Brayden ha detto che le strade erano troppo pericolose. Vero, Bray?" Gail piegò il collo per ottenere l'attenzione di Brayden ma fu tutto inutile.

A quel punto Brayden stava fissando apertamente Merlinda. Era girato completamente sulla sedia e dava le spalle a Gail.

Per un momento, pensai che l'esagerata ossessione di Brayden fosse una qualche magia di zia Pearl, ma anche lei stava scuotendo la testa disgustata.

Anche Dominic notò la fissazione di Brayden. Il volto di Dominic arrossì di rabbia, anche se cercava in ogni modo di trattenersi. Ingurgitò quello che restava della sua birra e appoggiò con forza la bottiglia sul tavolo.

"Bray? Ti ho fatto una domanda." Gail si focalizzò su Brayden prima e poi su Dominic. "Cosa c'è che non va ragazzi?"

La situazione stava precipitando rapidamente. Gail era una polveriera pronta a esplodere. Dovevo calmare le acque, ma come?

"Brayden ha altre cose in mente oltre a te, Gail," disse zia Pearl. "Non ha sentito una parola di quello che hai detto."

"Zia Pearl!" La fulminai con lo sguardo, furiosa per il suo tentativo di provocare altri problemi.

Lei mi sorrise dolcemente e si tamponò le labbra con un tovagliolo.

"Brayden!" Gridò Gail alle spalle del suo ragazzo. "Guardami!"

Nel girarsi dall'altra parte di Merlinda, con il gomito colpì il bicchiere di vino, versandolo tutto sulla tovaglia.

"E adesso guarda cosa hai combinato," esclamò Gail. "Un intero bicchiere di vino, sprecato!"

Brayden scosse la testa. "Se tu non mi avessi afferrato la spalla…"

Nessuno osò menzionare il fatto che Gail aveva versato il proprio vino solo qualche momento prima. La tensione si poteva letteralmente tagliare col coltello. Anche Nonna Vi si era lasciata influenzare dalle vibrazioni negative. Stava volteggiando sulla testa di Gail con in mano il coltello da burro.

"Cosa diavolo…?" Gail si portò la mano ai capelli. "Mi è appena caduto in testa qualcosa." Tirò via una pallina di burro dai capelli mentre fissava il soffitto.

Nonna Vi, invisibile come sempre, ridacchiò. Poi zia Pearl rise, seguita da zia Amber. Si misero tutti a ridere.

A parte me.

E Gail.

Si accigliò guardando la massa che aveva nel palmo della mano.

"Come diavolo ha fatto questa cosa a finire nei miei capelli? Sembra burro sciolto."

Zia Pearl sbuffò. "Non credo che sia burro."

"So io su quali panini vorrei spalmare il burro." Il commento poco appropriato di Nonna Vi almeno fece tornare in sé zia Amber.

Zia Amber fece un sospiro. "Mi dispiace, cara. Devo averlo lanciato per sbaglio con il mio coltello mentre stavo spalmando il panino. Che cosa divertente: penso che faccia bene alla pelle."

"La mia pelle non ha bisogno di niente. Qualcuno mi passi i panini." La fronte di Gail era sempre più corrucciata. Perlustrava su e giù il tavolo cercando i panini. I suoi occhi si fermarono su Brayden, che aveva appena preso in mano il cestino del pane.

Gli occhi di Brayden erano fissi su Merlinda e teneva con due mani il cestino come un maggiordomo innamorato. Tratteneva il fiato mentre lei allungava una mano curata e con delicatezza sceglieva un panino.

La conversazione a tavola si fermò mentre si svolgeva questo dramma silenzioso.

Io quasi mi aspettavo che Brayden si inchinasse o baciasse la mano di Merlinda, a parte che era seduto e aveva già le mani occupate con il cestino del pane.

Gail si schiarì la voce e fulminò con lo sguardo la schiena di Brayden. Il suo volto si fece rosso mentre aspettava che lui si girasse e passasse anche a lei i panini.

Invece, Brayden fece un delicato cenno di assenso verso Merlinda e appoggiò il cestino sul tavolo.

Gail si schiarì la gola. "Non hai sentito una parola di quello che ho detto, vero, Brayden?"

"Eh?" L'espressione di Brayden era spaventata come un cervo alla luce dei fari.

Il mio ex fidanzato, solitamente così sicuro di sé, aveva paura di Gail. Non lo avevo mai visto prima in quel modo e mi preoccupava.

"Fa niente. Farò da sola." Gail si allungò davanti a Brayden e afferrò il cestino. "Ti stai rendendo ridicolo."

Io in qualche modo sapevo cosa provava Gail. Non aveva a che fare con la stregoneria o l'astuzia femminile. Qualunque cosa fosse, gli uomini semplicemente si scioglievano davanti a Merlinda. E ancora più terribile del fatto che tutti cadevano preda del suo fascino era che lei sembrava non accorgersene per niente. Doveva essere così la vita delle persone belle. Erano così abituate ad aver a che fare con legioni di ammiratori che non si rendevano conto di quel trattamento speciale.

Non avrei saputo dire. A me era capitato di far girare qualche testa quando mi truccavo e mettevo un vestito aderente, ma non era niente a confronto delle reazioni che suscitava Merlinda. Immaginai che la maggior parte degli uomini avrebbe fatto qualunque cosa per attirare la sua attenzione. E voglio dire proprio qualunque cosa, tranne un crimine. Lei era semplicemente quel genere di bellezza da morire.

Tornai a concentrarmi su Gail che, ormai, sembrava pronta per prendere a pugni qualcuno. Invece si versò un po' di merlot. In pochi minuti vuotò il bicchiere. Poi tornò ad appoggiarsi allo schienale della sedia e sospirò. Era stata battuta e se ne rendeva conto.

Brayden fissava Merlinda, la forchetta vuota a metà strada tra il piatto e la bocca.

"Qualcuno vuole del vino?" Sperando di alleggerire l'atmosfera, zia Amber si era alzata da tavola ed era tornata con una nuova bottiglia di merlot. Riempì per primo il bicchiere vuoto di Gail e poi continuò facendo il giro del tavolo.

La strategia di zia Amber era brillante: eliminare il problema facendo ubriacare Gail in modo che non le importasse più niente.

Nonna Vi volteggiava alle mie spalle, ancora fissata con Gail. "Questa donna è tutta sbagliata per Brayden."

"E da quando ti importa?" Le parole mi uscirono prima che potessi fermarle. A Nonna Vi Brayden non era mai piaciuto dall'inizio, quindi la sua disapprovazione per Gail come sua partner mi sorprese.

"Cosa?" Tyler fece una pausa, con il bicchiere a metà verso la bocca. "Con chi stai parlando?"

Brayden alzò gli occhi al cielo. "Non ti sei accorto? Lo fa tutto il tempo."

Il volto di Gail divenne viola mentre mi fulminò con lo sguardo. "Perché mi stai fissando in quel modo?"

Io evitai il suo sguardo. "Scusa. Stavo solo pensando ad alta voce." Non potevo parlare a Nonna Vi davanti agli ospiti. Morivo dalla curiosità di sapere cosa intendesse riguardo Gail, ma avrei dovuto aspettare più tardi.

Nonna Vi cantò sommessamente *Whose Bed Have Your Boots Been Under* danzando avanti e indietro sopra a carote e purè. Era veramente ossessionata da Shania Twain.

Zia Amber, zia Pearl e la mamma scoppiarono a ridere.

L'imitazione di Shania fatta da Nonna Vi faceva ridere anche me, ma ero decisa a non farlo vedere.

"Cosa c'è di così divertente?" Gail si guardò intorno. "Perché mi state fissando tutti?"

"Non stiamo guardando te, cara," disse la mamma. "Almeno non intenzionalmente. È solo una vecchia barzelletta della famiglia West."

"Beh, non è divertente," scattò Gail.

Restammo tutti seduti, a disagio e in silenzio.

"Oh, mio Dio," esclamò la mamma. "Con tutti questi ospiti avrei davvero dovuto mettere in tavola più tacchino. Ce n'è dell'altro in cucina. Devo solo andarlo a prendere."

"Ci penso io." Brayden saltò su dalla sedia, ansioso di sfuggire all'ira di Gail. Seguì la mamma in cucina.

Gail scrutò i nostri volti. Si alzò e lasciò cadere il tovagliolo sul piatto vuoto. Gli tenne dietro. "Ti aiuto."

"Aspettatemi!" Nonna Vi fece un giro su sé stessa e volteggiò dietro di loro blaterando un'altra canzone di Shania Twain. *Ooh, there's gonna be a party!*

Io mi alzai e mi diressi in cucina. La tensione stava crescendo con i dispetti di Nonna Vi, con la gelosia di Gail e le mani di Brayden su un coltello da cucina.

Gail fece una pausa sulla soglia. Si girò e mi fulminò con lo sguardo. "Non so che cosa hai in mente, ma è meglio che tu la smetta subito."

Rimasi senza parole.

E questo era un fatto positivo, dato che avevo già avuto la brutta sensazione di stare per fare qualcosa di cui più tardi mi sarei pentita. In un modo o nell'altro ci sarebbero stati problemi e io non ero sicura che avrei potuto evitarli.

CAPITOLO 10

Brayden si mise al lavoro a tagliare il tacchino sotto lo sguardo attento di Gail. Zia Pearl e io osservavamo dall'altra parte dell'isola di cucina, attente a mantenerci a una distanza di sicurezza dalla nostra ospite psicotica, nel caso perdesse le staffe.

Gail mi lanciava occhiate furibonde. Io in cambio le sorridevo gentilmente, rilassata che non fosse lei ad avere in mano il coltello. Non avevo fatto niente per meritarmi la sua rabbia, ma essendo la ex fidanzata di Brayden forse era semplicemente il fatto che io esistevo. Con Merlinda ancora in sala da pranzo, ero il bersaglio più vicino. Ma io sapevo bene che non dovevo immischiarmi con una fidanzata mezza ubriaca ed esageratamente gelosa.

La mamma sorrise a Gail. "Mi dispiace che non sei con la tua famiglia a Shady Creek. So che non è proprio la Vigilia di Natale che tu e Brayden vi aspettavate."

"Non è un problema." Gail non disse altro. Si avvicinò a noi e fece vagare lo sguardo tra zia Pearl e il dolce di Natale. "Mmmhh... Quel dolce sembra buono. Posso assaggiarlo?"

"Certo." Zia Pearl sogghignò e girò il piatto in modo che Gail si trovasse di fronte il pezzo di dolce più grande. "Serviti pure."

Funzionò. Gail abboccò.

Era stata un'azione cattiva da parte di zia Pearl perché nessuno riusciva a mangiare quel dolce. Nessuno se lo meritava. Io aprii la bocca per protestare ma qualcosa mi fermò. Un morso del tremendo dolce di Mamma avrebbe impedito a Gail di prendersela con me.

Ma non fu così. Mangiò un'intera fetta di quel dolce imbevuto di alcol e poi ne prese anche una seconda.

"Non mangiarne troppo, ti rovinerai l'appetito." Mamma era tutta eccitata dal fatto che a Gail il dolce fosse piaciuto.

"Le rovinerà molto di più che l'appetito," Nonna Vi galleggiò alle spalle della mamma, un dito trasparente verso la bocca facendo il gesto di avere conati di vomito.

Zia Pearl fece il gesto del taglio lungo il collo.

Nonna Vi fece il broncio. "Non mancarmi di rispetto, Pearl."

Fortunatamente la mamma era così concentrata su Gail che non colse l'insulto al suo dolce.

Fulminai Nonna Vi.

Gail si accigliò, pensando che la mia espressione ostile fosse diretta a lei.

La mamma indicò la mano di Gail. "Quel dolce sparisce sempre più veloce di quanto ci metto a prepararlo. Avrei dovuto farne di più!"

Zia Pearl sbuffò. "Peccato che Natale viene una sola volta all'anno."

La mamma sorrise. "Posso fare quella torta ogni volta che vuoi, Pearl. Devi solo chiedere. Non dobbiamo aspettare Natale."

"No!" Dissi con un po' troppa decisione. "Una volta all'anno lo fa essere una cosa speciale. Altrimenti rovinerai la tradizione di Natale della famiglia West."

Guardai Gail che spazzolava via il secondo pezzo di dolce, pensando a quanto fosse strano che lei e Brayden fossero qui. La famiglia di Brayden viveva in un altro Stato e lui la andava sempre a trovare per le feste. Forse invece avevano deciso di visitare la famiglia di Gail a Shady Creek. Ma se questo era il caso, perché non erano partiti per Shady Creek la mattina, prima che chiudessero l'autostrada?

La domanda più importante era perché Gail aveva accettato di festeggiare la Vigilia di Natale con me, ex fidanzata di Brayden. A meno che Brayden non avesse evitato di dirglielo. Poteva anche essere, considerato quanto era egocentrico.

Immaginai che per qualche ragione forse Brayden non aveva desiderato trascorrere le feste con la famiglia di Gail. Poteva aver ritardato di proposito la partenza. E dato che Gail era morbosamente gelosa probabilmente non voleva lasciarlo da solo per Natale. Forse la sua unica motivazione per essere rimasti in città era di tenere d'occhio Brayden.

A quel punto ero sicura che zia Pearl non avesse in mente niente di buono. Se aveva invitato Brayden a unirsi a noi solo qualche ora prima, all'ultimo minuto, allora sapeva che Gail sarebbe stata con lui.

La mamma girò le spalle al lavandino e si illuminò guardando Gail. "Sono così felice che ti piaccia la torta! Mi piacerebbe darti la ricetta ma non posso. È un segreto di famiglia. Non troverai un'altra torta come questa."

"Questo è certo," disse zia Pearl.

Facevamo tutti finta di adorare la torta della mamma e l'avevamo convinta a non condividere la ricetta di famiglia con estranei. Più che altro era per la sicurezza pubblica. Il lato negativo era che ogni anno la mamma cucinava un po' di più di questa ricetta segreta, credendo erroneamente che piacesse molto a tutti.

La cosa più strana era che Mamma era una cuoca gourmet riconosciuta e una fornaia provetta. Ogni altra cosa che cucinava era assolutamente deliziosa. Eppure non riusciva a capire niente quando si trattava della sua torta di Natale orrenda. Nessuno aveva il coraggio di dirle la verità. Era tutto quello che potevamo fare per evitare che la servisse ai nostri ospiti del bed and breakfast. Ma stranamente, a Gail sembrava piacere.

"Il tacchino è tagliato." Brayden alzò il piatto in modo che potessimo vedere tutti, orgoglioso di sé.

La mamma si illuminò. "È splendido, Brayden. Andiamo a mangiare. Cen, porta dell'altro vino."

Afferrai un'altra bottiglia di merlot e una bottiglia di bianco, un buon Sauvignon blanc di una cantina vicina.

Gail fece altrettanto e prese altre due bottiglie di bianco dalla nostra cantinetta. Sembrava proprio decisa a ubriacarsi. In realtà non potevo biasimarla, con Brayden che si guardava intorno. Trascorrere la Vigilia di Natale con la sua ex fidanzata era già abbastanza brutto. Sperai solo che Gail non fosse un'ubriaca cattiva.

Brayden tenne aperta la porta per la mamma e la accompagnò attraverso la sala da pranzo. Gail veniva dietro, seguita da Brayden con il piatto del tacchino.

Io aspettai che si chiudesse la porta. Mi girai verso zia Pearl. "Avrebbe dovuto essere una cena in famiglia."

Zia Pearl sbuffò. "Dai, rilassati, Cen. Brayden fa praticamente parte della famiglia."

"No, per niente," sibilai. "Non fa più parte della famiglia da quando ci siamo lasciati. Perché l'hai invitato? Non ti è nemmeno mai piaciuto." Il suo progetto di mettere zizzania tra Tyler e me era evidente.

Zia Pearl alzò gli occhi al cielo. "Se non fosse stato per quel cadavere alle prove del tuo matrimonio, ora Brayden sarebbe tuo marito. Sai, tecnicamente siete ancora entrambi single. Non è troppo tardi per cambiare le cose."

"Non succederà." Il mio quasi matrimonio con Brayden era stato annullato per buoni motivi, e non era stato a causa di un assassinio pre-matrimoniale. Semplicemente non eravamo fatti l'uno per l'altra. Le mie ansie prima del matrimonio mi avevano impedito di sposare l'uomo sbagliato.

"Brayden ha molte più potenzialità rispetto a come si chiama," evidenziò zia Pearl.

"Lo sai che si chiama Tyler. Anche se non ti piace, potresti almeno essere gentile."

Il volto di zia Pearl si illuminò all'improvviso. Afferrò il piatto con il dolce. "Potrei offrire a Tyler un po' di dolce di Natale. Sai, come offerta di pace."

"Non osare, zia Pearl. Il povero Tyler è distrutto dal lavoro e quella torta contiene tanto di quell'alcol che potrebbe anche svenire." Sapevo che non era il caso di discutere perché in qualche modo mi coinvolgeva ogni volta.

Nonna Vi sbuffò. "Hai visto Gail? Ne ha mangiati già due pezzi!

Quella ragazza deve avere una costituzione forte perché è ancora in piedi. Comunque, qualcuno dovrebbe riuscire a dire la verità a Ruby riguardo la sua dannata torta. Potrebbe anche uccidere qualcuno."

"Avresti potuto dirglielo tu anni fa," sussurrai. Come al solito, Nonna Vi voleva che fossimo noi a prenderci la colpa. La torta di Natale era una tradizione da anni: parlare a Mamma dopo tutto questo tempo era troppo poco, troppo tardi. La cospirazione della nostra grande famiglia si era rivoltata contro di noi.

Nonna Vi alzò le spalle. "Ora è troppo tardi. Sono un fantasma. Non posso più mangiare, quindi non è un mio problema."

"È tutto un nostro problema, nonna. Per questo è una ricetta segreta. Deve rimanere così." La ricetta di famiglia probabilmente era stata passata alla mamma da Nonna Vi a suo tempo.

Nonna Vi scosse la testa. "Di certo non è arrivata da me e io non ci posso fare niente. Io ho un problema con tutti questi ospiti, comunque. Sto pensando a come rimediare."

"No," dissi. "Tra qualche ora se ne saranno andati. O al massimo entro domani mattina, quando smette la tempesta."

"È decisamente troppo tardi. Come faccio a rilassarmi con tutta questa gente intorno?" Nonna Vi volteggiava vicino alla porta della sala da pranzo.

Zia Pearl si accigliò. "È forse un crimine lasciarsi prendere dallo spirito festivo?"

"No, ma tu stai decisamente combinandone una, Pearl," disse Nonna Vi. "Tu odi la gente e la socializzazione. Hai invitato tutti questi intrusi per un motivo. Vorrei solo sapere quale."

Sentii una presenza alle mie spalle e mi girai, trovandomi davanti Gail. Non avevo idea da quanto tempo fosse lì sulla soglia.

Gail corrucciò la fronte fissando zia Pearl e me. "Con chi state parlando?"

"Nessuno in particolare." Zia Pearl fece finta di sorridere.

Io mossi una mano in segno di noncuranza. "Zia Pearl stava parlando, non io. Parla molto da sola. Senilità, età avanzata, immagino."

"Attenta a quello che dici, signorina. Sono più brillante di tutti quanti, qui." Disse zia Pearl.

Brayden arrivò alle spalle di Gail per vedere cosa fosse tutta quella confusione. Scosse la testa deluso guardando zia Pearl e me. "Non riuscite ad andare d'accordo almeno per una volta?"

Dal momento in cui c'eravamo lasciati i miei affari non dovevano più riguardarlo. Aprii la bocca per dirgli quello che pensavo ma mi fermai all'improvviso quando ebbi l'intuizione di quale fosse il piano di zia Pearl. Stava provocandomi di proposito perché litigassi, invitando Brayden e Gail. E tutto perché era risentita del fatto che uscissi con Tyler. Solo che il suo piano non stava funzionando ed era frustrata.

Tyler era il primo sceriffo che si era imposto contro zia Pearl e le sue manie di piromane. Essendo il mio ragazzo se lo trovava intorno molto più di quello che avrebbe voluto. Non c'era da stupirsi che preferisse vedermi con Brayden piuttosto che con Tyler, che considerava suo arci-nemico.

Io ero una pedina nella partita a scacchi di zia Pearl, e anche Tyler. Brayden, essendo mio ex fidanzato e capo di Tyler in quanto sindaco, era lo scacco matto di zia Pearl. La fidanzata gelosa di Brayden era un regalo dell'ultimo minuto, che avrebbe contribuito a creare problemi.

Aggiungi la splendida Merlinda ed era chiaro che zia Pearl avrebbe voluto che tutti noi cominciassimo a lanciarci i piatti. Beh, io non ci sarei cascata. Questo era il suo ultimo tentativo di far sì che Tyler lasciasse il posto di sceriffo e se ne andasse una buona volta dalla città. Non sarebbe successo se io potevo impedirlo.

Brayden guidò Gail di nuovo in sala da pranzo e ci fece cenno di seguirli. "Andiamo. È ora di mangiare."

"Buona idea." Sorrisi e accompagnai zia Pearl attraverso la porta della sala da pranzo. "Godiamoci la cena."

Spezzare il pane insieme durante una festività poteva curare vecchie e nuove ferite. Brayden e io potevamo essere civili tra di noi, per iniziare. E anche se non mi aspettavo proprio che zia Pearl e Tyler diventassero amici nel prossimo futuro, forse avremmo potuto piantare un seme. Valeva la pena provare.

Zia Pearl mi fissò con sospetto ma mi seguì.

"Lasciate che mangino la torta!" Squittì Nonna Vi deliziata, battendo insieme le mani. "Sarà bello."

Aprii la bocca per replicare ma mi fermai appena in tempo.

Quella serata non era certo la Vigilia di Natale che avevo programmato, ma stava diventando interessante. Avrei anche potuto restare seduta e godermi lo spettacolo.

CAPITOLO 11

Fuori la tempesta continuava a infuriare ma all'interno era tutto calmo dopo una deliziosa cena a base di tacchino. Le gelosie che avevano iniziato ad affiorare erano state addolcite da abbondante alcol.

Eravamo tutti alticci per aver bevuto un po' troppo. Avevamo fatto fuori cinque o sei bottiglie e Dominic altrettante birre. Zia Amber e Earl si erano goduti diversi abbondanti bicchieri di zabaione corretto ed erano tutti allegri, almeno civili uno con l'altro.

L'alcol aveva smorzato i nostri conflitti personali e rivalità romantiche, almeno per il momento. Anche se non eravamo la compagnia che avremmo scelto gli uni per gli altri, eravamo riusciti a divertirci mentre superavano la tempesta. Avevamo buon cibo in abbondanza e tanto da bere. Speravo solo che non fosse la calma prima di una tempesta di invettive da ubriachi.

Le luci tremolarono mentre fuori il vento fischiava. Poi se ne andò del tutto la corrente e la mamma accese i due candelabri che stavano sulla credenza. La luce delle candele proiettava lunghe ombre ma ci consentiva di vederci di nuovo in faccia.

Senza corrente, avremmo anche potuto essere seduti a una cena del diciannovesimo secolo, invece di essere nel ventunesimo. La luce delle candele creava atmosfera e sembrava anche addolcire le dirette rivalità tra i commensali.

I piatti della cena erano stati sparecchiati ed eravamo rimasti tutti seduti al nostro posto, soddisfatti e sazi dell'abbondante cibo. Sorseggiando caffè e tè, indugiammo sul dessert. C'erano torta di zucca con panna montata, tartine al burro, biscotti al burro e, ovviamente, la torta di Natale di Mamma, dalla ricetta segreta.

Solo Merlinda, Dominic e Gail, i nostri ospiti non sospettosi, avevano davvero mangiato la torta. Io ero grata per gli effetti in qualche modo ritardati di quel dolce. Quando gli stomaci dei nostri ospiti avrebbero protestato, più tardi, non avrebbero potuto sospettare della nostra torta di Natale.

Il resto di noi nascose la torta in tovaglioli, tasche e borse, per gettarla più tardi. In effetti, la mancanza di corrente creava un'ottima opportunità. Io portai il mio piattino da dessert vicino al bordo del tavolo e con un leggero colpetto feci cadere la torta nel palmo della mano. L'avvolsi nel tovagliolo e la infilai in tasca.

"È ora di giocare," annunciò zia Pearl. "Ci divertiremo."

"Non si fanno i giochi di famiglia con gli ospiti di stasera, Pearl," disse la mamma.

"Perché no? Adoro giocare." L'espressione di Gail si illuminò. "Che cosa giochiamo?"

Zia Amber si strinse le mani. "Beh, giochiamo ai Giochi affamati!"

"È qualcosa come gli *Hunger Games*?" Chiese Gail.

"Sì e no," disse zia Amber. "Invece di combattere per la tua area di appartenenza, combatti per il cibo."

"Ma abbiamo già mangiato," protestò la mamma. "Sono troppo piena anche solo per pensare al cibo, figuriamoci combattere per averlo."

"Anch'io," dissi.

"Non devi mangiarlo, Ruby," disse zia Amber. "Useremo il cibo come pretesto, questa volta. Chi vince la parte più grande di cibo alla fine esaudisce il suo desiderio. Facciamo un gioco con il tema del culto del cargo!" Batté insieme le mani.

Nella famiglia West, un desiderio significava un incantesimo. Mi chiesi come avremmo accontentato i nostri ospiti, ignari della magia.

La mamma rise. "Useremo il dessert che è rimasto a tavola. Una lotta all'ultimo sangue per la mia torta di Natale."

Rimanemmo tutti a fissarla con la bocca aperta.

Dopo qualche momento di silenzio imbarazzato, Merlinda chiese in un borbottio da ubriaca: "come si gioca?"

"È un gioco stupido," disse zia Pearl. "Io non sono motivata dal cibo."

Io ero d'accordo, anche se non osai dirlo ad alta voce. Usare la torta di Natale di Mamma come gettone da poker era la ricetta per il disastro. La torta non sarebbe affatto sparita dal tavolo così presto e i nostri ospiti sarebbero stati tentati di mangiarne ancora. E se fossero rimasti avvelenati dall'alcol?

All'improvviso, Merlinda si appoggiò all'indietro sulla sedia, con gli occhi che si chiudevano. Il vino e la torta di Natale imbevuta di alcol avevano evidentemente avuto effetto su di lei al punto che sembrava stesse per addormentarsi. Il vino era finito. Ora dovevamo veramente liberarci della torta prima che ne mangiasse dell'altra.

"Stavo solo scherzando riguardo la lotta per la torta." Ma l'espressione delusa di Mamma diceva il contrario. Era stata terribilmente seria.

Zia Amber colse la delusione della mamma e si intromise. "Perché non giochiamo a obbligo o verità invece?"

"Che bella idea." In realtà, pensai che obbligo o verità era un'idea terribile, considerate le personalità varie che avevamo intorno al tavolo. Ma era meglio che mangiare o nascondere altra torta di Natale imbevuta di alcol.

"Io giocherò a qualunque cosa." Zia Pearl fece un sorriso furbetto. "Vincere a ogni costo sarà il mio obiettivo."

"Ci sto anch'io." Gail fulminò Merlinda con lo sguardo. "Io riesco sempre tra i migliori."

Lanciai un'occhiata di avvertimento a zia Pearl. "Non ci sono vincitori in obbligo o verità. Solo un po' di imbarazzo e ci si può anche far male."

La mamma fece un sospiro. "Niente di sconsiderato, in ogni caso. Ci fermiamo prima che qualcuno si faccia male."

"Non cambiate qualcosa perché ci siamo noi," disse Gail. "Fate come se fosse una normale Vigilia di Natale in famiglia."

Zia Pearl sogghignò. "Ah! I giochi di Natale della famiglia West sono tutt'altro che normali. Fai attenzione a quello che desideri."

Io rabbrividii. Dopotutto eravamo streghe e i nostri giochi magici potevano diventare un po' cattivi perché eravamo tutte molto competitive. Ma condividere gli incantesimi con degli estranei, anche altre streghe, era una cosa proprio da non fare. La minaccia velata di zia Pearl mi preoccupò. Qualunque cosa avesse in mente per i nostri ospiti avrebbe comunque superato una linea.

Sapevo che zia Pearl non avrebbe mai condiviso dettagli dei nostri incantesimi e segreti soprannaturali. Ma comunque non mi fidavo di lei. Forse era l'effetto di Earl o forse voleva fare impressione su Merlinda con la sua capacità di fare incantesimi. Normalmente non amava i nostri giochi magici di famiglia, quindi il suo entusiasmo era indice di pericolo. Qualcosa stava ribollendo in quella sua mente da strega.

Ovviamente, mettevamo tutti un po' di magia nei nostri giochi. Normalmente non sarebbe stato un problema, ma quella volta eravamo a diversi stadi di ubriachezza. E questo includeva zia Pearl. Lanciare incantesimi da ubriachi era pericoloso se non c'era almeno qualcuno sobrio per sistemare le cose.

Zia Pearl sogghignò in modo sadico. "Bene, sentite. Ogni coppia è una squadra. Le coppie si sfidano tra loro. È tutto sul tavolo."

Zia Amber sembrò decisamente sollevata. "Immagino che Ruby e io siamo fuori allora. Siamo le uniche non accompagnate."

"Non essere sciocca," disse zia Pearl. "Voi fate la squadra delle sorelle."

La mamma scosse la testa. "No! Non voglio essere…"

"Su, dai, Ruby. Ci divertiremo." Zia Amber si illuminò. "Vinceremo perché ci conosciamo molto bene."

"Ne dubito," disse Dominic. "Merlinda e io stravinceremo questa gara. Vero Merlinda?"

Gli occhi di Merlinda si aprirono a fatica. Corrugò la fronte. "Ehm, certo. Anche se non ho mai giocato a obbligo o verità prima."

"È semplice," dissi. "A una coppia viene chiesto di scegliere tra obbligo o verità. Se sceglie verità allora deve rispondere a una domanda. Se sceglie obbligo deve fare qualunque cosa si chiede. Quando hai completato il tuo compito, fai la stessa cosa con qualcun altro di tua scelta."

Nonna Vi volteggiava dietro a Earl e zia Pearl. "Oh! Non vedo l'ora di stare a guardare tutti che si autodistruggono. Rimarrò solo io."

La mamma sorrise.

Zia Pearl indicò la mamma. "Ruby, inizia."

"Va bene. Earl e Pearl… Obbligo o verità?"

"Verità." Risposero entrambi all'unisono, come una vecchia coppia sposata.

La mamma ridacchiò "Perché non ci dite che cosa avete fatto al vostro primo appuntamento?"

"Non puoi fare una domanda così, Ruby!" Zia Pearl arrossì, il suo volto divenne rosso acceso.

"Perché no? Hai detto che vale tutto, Pearl." La mamma sollevò le sopracciglia e sorrise con dolcezza. "Vale anche per te."

"Abbiamo fatto una cenetta a lume di candela da me," disse Earl. "È stato molto romantico ma devo ammettere che le cose ci sono un po' sfuggite di mano."

Zia Amber trattenne una risata. "Avete fatto fuoco e fiamme? Oh cielo… Ora capisco."

"Earl!" Zia Pearl gli schiaffeggiò la mano.

Earl si tirò indietro. "È stato proprio così. Soprattutto quando le tende hanno preso fuoco e abbiamo dovuto chiamare i pompieri. Pearl adora le sue candele alla soia. Le puoi sciogliere per farne olio da massaggi e…" Le diede un buffetto sulla mano. "Meglio che non dica altro. Comunque non dimenticherò mai quella notte. Pearl è così piena di sorprese."

Tyler e io scoppiammo a ridere, seguiti dalla mamma. Il pensiero di zia Pearl che faceva la romantica con qualcuno era da non credere.

Ma comunque, Earl la influenzava in un modo che non avevo mai visto prima. Lei era, per così dire, in suo potere.

"Oh, Earl, basta. Mi metti in imbarazzo." Zia Pearl si girò verso Tyler e me e disse all'improvviso: "è il vostro turno. Obbligo o verità?"

"Obbligo," disse Tyler.

Il mio cuore perse un colpo, sapendo che zia Pearl non cercava altro che mettere in ridicolo Tyler. Obbligo era comunque probabilmente la scelta più saggia. Immaginavo che zia Pearl avesse in mente diverse domande imbarazzanti.

"Ti obbligo a lasciare la città, sceriffo." Zia Pearl incrociò le braccia e si appoggiò allo schienale della sedia. "Lo faccio anche valere di più se lo fai in fretta."

"Questo non è un obbligo valido, Pearl." Zia Amber scosse la testa. "Devi dire qualcosa che può essere fatto proprio qui, in questo momento."

Tyler gettò indietro la testa e rise. "Bel tentativo, Pearl. Ma nemmeno pagandomi potresti convincermi a lasciare Westwick Corners nel prossimo futuro. E comunque non voglio lasciare Cen."

"Quanto vuoi? Qualunque cosa, ti pagherò."

"Pearl, basta!" La mamma agitò un dito verso la sorella maggiore. "Tyler non va da nessuna parte, fattene una ragione."

Gli occhi di zia Pearl si strinsero. "Se è così che vuoi giocare, va bene. Non dire che non ti ho dato una possibilità, sceriffo."

Tyler ridacchiò ma non rispose.

"Hai perso il tuo turno, zia Pearl." Almeno non mi aveva costretta a maledire Tyler o a lanciare qualche incantesimo ugualmente tremendo.

Zia Pearl si accigliò ma rimase in silenzio. Nella fretta di allontanare l'attenzione indesiderata da lei e Earl non era riuscita a trovare un obbligo decente.

Mi girai verso Brayden e Gail. "Obbligo o verità."

"Verità," Brayden fece un sorriso simpatico. "Chiedimi quello che vuoi."

"Vuoi dire a noi," lo corresse Gail. "Chiedici."

Era l'opportunità perfetta per saperne di più della loro relazione.

"Qual è il più grande segreto che non hai rivelato al tuo compagno?" Chiesi. "Brayden, rispondi per primo."

Brayden arrossì. "Beh… Cen e io una volta eravamo fidanzati."

Non era quello che mi aspettavo. Evidentemente, nemmeno quello che si aspettava Gail.

Saltò sulla sedia. "Cosa? Mi hai portata a casa della tua ex fidanzata per cena senza dirmi niente? Mi hai mentito! Mi hai detto che era una vecchia amica!"

"Beh, è entrambe le cose. Volevo dirti qualcosa… Solo che non c'è stata l'occasione, penso." Gli occhi di Brayden scattarono intorno alla stanza cercando aiuto.

Gail lanciò in alto le mani. "Come avrebbe potuto esserci l'occasione? Non ci posso credere che non me l'hai detto, Brayden. Mi fai sembrare un idiota!"

Distogliemmo tutti lo sguardo in un silenzio imbarazzato. Non c'era da stupirsi che Gail non avesse avuto niente in contrario a questa cena. Non aveva idea che Brayden e io eravamo stati sul punto di sposarci. Continuava a non piacermi ma mi sentii dispiaciuta per lei.

La mamma ruppe il silenzio. "Gail, è il tuo turno. Cosa non hai detto a Brayden?"

"Che sono stufa di essere ignorata." Si girò verso Brayden. "Sono stanca che tu flirti con altre donne mentre io sono presente. Pensi che non mi sia accorta delle occhiate che lanci a Merlinda? Lo vedono tutti. Vero, Dominic?"

La bocca di Merlinda si aprì in un'espressione scioccata.

Dominic cambiò posizione nella sedia, evidentemente a disagio. "Ok… Forse dovremmo andare avanti. Chi è il prossimo?"

"Non ho più intenzione di giocare a questo stupido gioco." Gail si alzò e gettò il suo tovagliolo sul tavolo. Marciò verso la cucina.

Le cose fino a quel momento erano rimaste a un livello civile, nonostante fossimo tutti un po' brilli. Ora era chiaro che, indipendentemente dal gioco, zia Pearl aveva architettato tutto in modo che culminasse in quel preciso momento, in cui eravamo tutti pronti a staccarci la testa a morsi.

La mamma indicò la cucina con la testa. "Penso che tu dovresti andare da lei, Brayden."

Brayden sospirò e si alzò. "Ma perché devo... Oh, va bene. Ma prima... Dominic e Merlinda, obbligo o verità?"

"Verità," disse Dominic. "Fai la domanda."

"Pensi che vi sposerete mai?" Brayden non lo nascose nemmeno con Gail fuori dalla stanza. Parlava a Dominic ma fissava con adorazione Merlinda.

Io guardai verso la porta della cucina, sperando che Gail non fosse lì dietro ad ascoltare.

Dominic rispose. "La risposta è sì. Perché siamo già sposati."

CAPITOLO 12

"In che senso sposati?" Zia Pearl quasi si soffocò con qualunque cosa stesse mangiando. Sembrava veramente sconvolta quando si girò verso Merlinda. "Quando ti sei sposata? Perché non me l'hai detto?"

Eravamo tutti troppo stupiti per parlare. L'ammissione di Dominic era l'ultima cosa che qualcuno di noi si potesse aspettare.

La bocca di Merlinda si aprì per lo stupore. Fulminò Dominic con lo sguardo.

Zia Pearl la fissò con gli occhi spalancati. "Non posso credere che mi hai tenuto nascosta questa cosa, Merlinda. Dopo tutto quello che ho fatto per te. Pensavo che condividessimo tutto."

"Alla fine te l'avrei detto, Pearl. Solo che non ero ancora pronta." Merlinda si girò verso Dominic. "Avevi promesso di tenerlo segreto."

"Sì, ma è obbligo o verità, piccola. E comunque non riuscivo più ad aspettare. Qui nessuno conosce la tua famiglia, quindi cosa importa?"

Ero senza parole. La rivelazione che zia Pearl e Merlinda fossero in confidenza era scioccante, come minimo. E Dominic e Merlinda sembravano davvero una strana coppia. Lui doveva avere almeno dieci anni in più di lei e il suo aspetto rozzo e tutto tatuato era davvero in contrasto con l'aspetto di Merlinda, raffinata e con il fisico di una modella.

"Quando vi siete sposati?" Chiese la mamma.

"Nelle vacanze del semestre scorso, quando Merlinda è tornata a Vanuatu." Dominic prese un'abbondante fetta di torta di Natale e la fece cadere sul suo piatto. "Abbiamo tenuto una piccola cerimonia in privato. Merlinda era splendida nel suo vestito."

Le luci andarono e vennero alcune volte, poi finalmente tornarono fisse. Sperai che questa volta restassero così. La nostra vecchia residenza piena di spifferi non era il posto più confortevole dove superare una tempesta, e l'oscurità la rendeva inquietante.

Zia Pearl si girò verso Merlinda. "Hai a malapena l'età per sposarti. Rovinerai la tua vita prima ancora che sia iniziata."

Dominic la fulminò con lo sguardo. "Merlinda non ha bisogno dei tuoi consigli, Pearl. È in grado di prendere decisioni da sola."

"Ho ventun anni," protestò Merlinda attraverso un boccone di dolce natalizio. "Non ho avuto molti ragazzi ma non ne ho bisogno. Semplicemente so che Dominic è quello giusto."

Dominic interloquì. "Non puoi dare un'età al vero amore. Quando l'amore arriva nella tua vita, lo afferri e non lo lasci più andare."

Io pensai di afferrare il piatto con la torta e di riportarlo in cucina. Invece, afferrai gli ultimi due pezzi e li misi sul mio piatto. Era l'unica cosa che potessi fare per impedire ai nostri ospiti di mangiarne ancora.

La mamma sorrise. "La prossima volta devo assolutamente farne di più."

"Come hai potuto non invitarmi nemmeno al tuo matrimonio?" Il volto di zia Pearl era tutto rosso per la rabbia di essere stata esclusa. La sua delusione era comprensibile, considerata la quantità di tempo che trascorrevano insieme. Merlinda era la sua studentessa preferita e anche l'unica in quel momento. Poi era arrivato Dominic e aveva rovinato tutto. Anche così, la rabbia di zia Pearl rasentava l'ossessione insana.

"Non abbiamo invitato nessuno," disse Dominic. "Non volevamo fare tanta pubblicità, così ci siamo sposati in segreto a Vanuatu. Una coppia di turisti ci ha fatto da testimoni, quindi non lo sapeva proprio nessuno. Fino ad ora. Ma non potevamo proprio aspettare. Non è vero, zucchetta?"

"Per cosa non potevate aspettare?" Gail riemerse dalla cucina, con la fronte aggrottata.

"Merlinda e Dominic si sono sposati in segreto," disse zia Amber. "E noi l'abbiamo scoperto solo perché giocavamo a obbligo o verità."

Gail stava per parlare ma fu interrotta da Merlinda.

"Io... Non... Mi... Sento... Bene." Merlinda lasciò cadere la forchetta e si afferrò lo stomaco. Spinse indietro la sedia e barcollò mettendosi in piedi.

"Cosa c'è che non va, cara?" Si alzò anche zia Amber, osservando Merlinda preoccupata.

Merlinda si sedette di nuovo al suo posto chiuse gli occhi. "Starò meglio, lasciatemi un minuto." Il respiro rapido e la pelle arrossata facevano pensare diversamente.

"Forse dovresti distenderti. Lascia che ti aiuti fino al divano." Mi alzai e in quel momento le luci si spensero di nuovo.

La stanza era al buio, tranne la fioca luce di candela e il baluginare di Nonna Vi che volteggiava sulla credenza come una luce notturna troppo cresciuta. Il suo bagliore delicato illuminava la stanza a sufficienza per vedere Merlinda piegata in due sul tavolo, sussultante per il dolore.

Anche zia Pearl se ne accorse. "Gesù, Merlinda... Non stai affatto bene."

"Il mio stomaco è davvero sottosopra. Scusatemi." Merlinda si alzò da tavola e barcollò fino alla porta della sala da pranzo. Si fermò un attimo per tenersi in equilibrio. Poi sparì nel buio del salotto.

Dominic saltò in piedi. "Sarà meglio che vada ad aiutarla."

Zia Pearl si mise davanti a Dominic e gli fece segno di andare via. "No, ci penso io."

Non era strano che Merlinda si sentisse male, considerato quanto dolce inzuppato di alcol aveva mangiato. Io non ero riuscita a fermarla senza che la mamma se ne accorgesse.

La conversazione cessò e tutti restammo in ascolto di Merlinda che zoppicava attraverso il salotto e nel corridoio verso il bagno.

All'esterno il vento fischiava, le folate facevano tremare le vecchie finestre con un solo vetro.

Le luci lampeggiarono ancora e ritornarono per quasi trenta secondi. Poi la corrente se ne andò di nuovo. Qualche momento dopo, una ventata spense tutte le candele. Restammo seduti al buio senza dire niente. Eravamo tutti pietrificati dal vomitare agonizzante di Merlinda che giungeva dal corridoio.

Merlinda non era ancora riuscita ad arrivare al bagno. Aveva ripetutamente rifiutato tutte le offerte di aiuto, ma mi uccideva dover stare seduta senza far niente.

"Vado a prendere degli altri fiammiferi." Mi alzai dalla sedia e a tastoni trovai la strada verso la cucina. Gli occhi lentamente si abituarono all'oscurità e, dopo quello che sembrava un'eternità, riuscii infine ad arrivare al bancone dove tenevamo i fiammiferi. Provai in tutti i posti, cercando freneticamente prima di trovarli in un cassetto in basso.

Accesi la candela sul bancone di cucina e la portai fuori in sala da pranzo. Dopo aver riacceso tutti candelabri sulla credenza appoggiai la mia candela sul tavolo, sollevata alla vista di volti familiari.

Mi ero appena seduta quando Merlinda gridò.

CAPITOLO 13

Facemmo tutti un salto sulle sedie e corremmo verso il corridoio. Dominic e Brayden si scontrarono vicino alla credenza, facendo quasi cadere i candelabri.

Dominic imprecò in silenzio e afferrò un candelabro. Lo brandì come un'arma e costrinse Brayden a lasciargli il passo. Io mi schiacciai contro il muro e lasciai passare entrambi. Considerata l'ossessione di Brayden per Merlinda e il suo bisogno di essere sempre il primo, non volevo trovarmici davanti. Feci segno anche a Tyler di andare prima di me. Lui prese il secondo candelabro e seguì gli uomini verso il corridoio.

Quasi mi scontrai sulla schiena di Tyler quando lui si fermò all'improvviso.

Zia Amber si fermò di colpo alle mie spalle. "Che diavolo sta succedendo?"

"Merlinda!" Il grido di Dominic mi fece rabbrividire.

Nessuna risposta.

Piegai il collo per vedere oltre Tyler e scorsi Merlinda distesa sul pavimento. Dominic era inginocchiato al suo fianco. Il candelabro acceso era sul tavolo dell'ingresso e illuminava il corridoio altrimenti buio. La luce tremolante intensificava l'atmosfera cupa.

Merlinda era accoccolata in posizione fetale nel corridoio, incosciente. Era svenuta prima di raggiungere il bagno.

"Merlinda! Parlami." Dominic scosse la spalla di Merlinda, con la voce spezzata. "Svegliati!"

Tyler girò attorno a Merlinda e si inginocchiò sul lato opposto. Le sollevò il braccio, che ricadde molle. Si piegò su di lei e controllò il polso e i segni vitali. "Non respira."

Seguii Tyler e mi fermai in piedi alle sue spalle. Appoggiai il mio candelabro sul pavimento vicino al muro.

"Qualcuno chiami un'ambulanza, presto!" Tyler si girò di lato e cominciò la rianimazione. Il suo ampio torso mi impediva parzialmente la vista, ma anche così, era penosamente evidente che la rianimazione non portava risultati.

"L'ho già fatto." Westwick Corners era così piccola che in realtà non avevamo il 9-1-1. O, sfortunatamente, un ospedale o dei paramedici. Il dottore più vicino era a un'ora di strada, a Shady Creek. Avevo comunque chiamato l'emergenza di Shady Creek, sperando in un miracolo. Ma la tempesta era talmente impetuosa che anche i paramedici non potevano muoversi. "Purtroppo, non possono arrivare fin qui con la tempesta."

Passò un minuto, poi altri. Anche nella luce scarsa, il colore bluastro della pelle di Merlinda era evidente. Non era di buon auspicio.

Tyler e Dominic fecero a turno con la rianimazione, ma ben presto divenne evidente a tutti noi che gli sforzi erano inutili.

Infine, Tyler si alzò e si rivolse a Dominic. "Mi dispiace davvero, Dominic. Abbiamo fatto tutto quello che abbiamo potuto ma... È andata."

"Non è andata. Non è possibile. È solo svenuta. Dobbiamo continuare." Dominic spostò Tyler da una parte e ricominciò la rianimazione, anche se dalla sua tecnica era evidente che non l'aveva mai fatto prima.

"Dominic, mi dispiace tanto." Brayden appoggiò una mano sulla spalla dell'uomo.

Dominic scostò la mano di Brayden. "Non è andata. È solo..."

Zia Pearl si fece strada davanti a Brayden e si chinò vicino a Merlinda. "Lasciate che guardi. La porterò in ospedale."

Gli occhi di Tyler incontrarono i miei. Evidentemente, pensava quello che pensavo io. Nemmeno la magia avrebbe riportato in vita Merlinda.

Zia Pearl si alzò in piedi e rimase completamente immobile mentre si rendeva conto della gravità della situazione.

"Cosa diavolo sta succedendo? Solo qualche minuto fa stava…" Dominic scuoteva la testa incredulo. Si allontanò lentamente da Merlinda e si appoggiò contro il muro, sconfitto. Si accasciò in posizione seduta e si coprì il volto con le mani. L'intero corpo era scosso da singhiozzi mentre piangeva. "Non può morire così."

Dominic era evidentemente straziato dalla perdita della sua dolce metà.

Ma non era l'unico.

Zia Pearl gridò. "No!" Cadde sul pavimento di fianco a Merlinda e si accoccolò in posizione fetale.

Noialtri restammo immobili al nostro posto, scioccati. Una donna di poco più di vent'anni apparentemente in salute era morta davanti ai nostri occhi senza nessuna spiegazione logica.

Le mani di Merlinda erano strette allo stomaco in una morsa mortale, il volto congelato in un ghigno, gli occhi spalancati, che non vedevano più niente. Anche alla fioca luce delle candele era evidente che era morta.

"Mi dispiace, Pearl." Tyler sollevò delicatamente in piedi mia zia e le mise un braccio intorno alle spalle. La accompagnò verso zia Amber e la mamma, entrambe che piangevano in silenzio a poca distanza.

Dominic singhiozzava tra le mani. "Stava mangiando e parlando, andava tutto bene. Non capisco cosa è successo. Come può qualcuno così giovane morire in questo modo?"

Tyler scosse la testa "Qualche volta la gente muore all'improvviso. Forse aveva un problema medico non diagnosticato. Dobbiamo aspettare e vedere cosa dice il medico legale."

Il medico legale, come praticamente tutti gli altri, era a Shady Creek.

Mamma si portò la mano alla bocca, scioccata. "Non riesco a crederci. Era il ritratto della salute. Aveva anche un ottimo appetito. Si stava godendo il mio dolce di Natale."

Zia Pearl saltò in piedi e mostrò il pugno alla mamma. "Devi smetterla di fare quel dolce, Ruby. La tua stupida torta ha ucciso la mia studentessa migliore."

"Pensi che io abbia avvelenato Merlinda?" La bocca della mamma si spalancò, inorridita all'accusa di zia Pearl. "È folle. E tutti gli altri? Avete mangiato tutti la torta e non state male."

A dire la verità, solo Merlinda, Gail e Dominic avevano assaggiato la torta. Il resto di noi l'aveva buttata, senza toccarla. Ma la mamma non lo sapeva. Io le diedi un colpetto sulla spalla, sollevata per il fatto che fino a quel momento né Gail né Dominic mostrassero sintomi. Perlomeno, non ancora. "Zia Pearl non intendeva…"

"Invece sì, intendevo proprio, Cendrine. È colpa di Ruby se Merlinda è morta." Pearl camminava avanti e indietro, evidentemente stressata. "Non avrò mai più un'altra studentessa come Merlinda. Tutto quel talento distrutto per qualche morso di una torta avvelenata."

La mamma fece un lungo respiro. "Non può essere la mia torta, Pearl. È la ricetta e la faccio tutti gli anni. Non ci può essere qualcosa che non va."

"Ehm… Ruby, c'è qualcosa che ti devo chiedere." Earl spostava il peso da un piede all'altro, a disagio. "Sai come ti ho aiutata con quel problema dei topi?"

Gail trattenne il respiro. "Ci sono topi in questo posto?"

"Ho paura di sì," disse Earl. "Il fatto è che ho messo il misurino di veleno per topi sul bancone per un minuto e quando sono tornato a prenderlo poco dopo, non c'era più."

La mamma rimase senza fiato. "Non penserai che… Vuoi dire che la polvere bianca nel mio misurino non era farina? L'ho usata per la torta."

"Se non avevi riempito tu il misurino, perché l'hai usata, Ruby?"

Chiese Tyler. "Come potevi sapere se era farina?"

Lungo le guance della mamma cominciarono a scorrere le lacrime. "Io non ci ho pensato, credo. Mi è sembrato strano perché non mi ricordavo di aver usato quel misurino. Ma ultimamente sono sempre di corsa e ho pensato che forse l'avevo riempito prima e poi me ne ero dimenticata. Sono stata così occupata a organizzare la cena con tutti questi ospiti invitati da Pearl all'ultimo minuto che mi sono persa qualcosa."

Io mi ero risentita per l'insulto di zia Pearl alla torta della mamma e, indirettamente, al mio status di estromessa dalla Scuola di Fascinazione di Pearl. "Anche se Merlinda fosse stata avvelenata, avrebbe potuto essere qualunque cosa. Come la tua tisana di erbe, per esempio."

"Ehi, io ho mangiato quella torta e non ho niente che non vada," disse Dominic. "Non può essere la torta."

"Tu probabilmente pesi il doppio di Merlinda," evidenziò Brayden. "Puoi reggere meglio il veleno e in ogni caso forse ci vuole più tempo perché faccia effetto su di te."

Dominic si portò la mano alla bocca. "All'improvviso non mi sento più così bene."

Gail annuì. "Anch'io ne ho mangiato un po' e non mi sento male. Sei sicuro che fosse veleno per topi? Sto davvero bene."

Un po' era di certo un eufemismo. Gail ne aveva probabilmente mangiati quattro o cinque pezzi, secondo i miei conti. Eppure non mostrava segni di avvelenamento.

Zia Pearl tirò fuori la mano dalla tasca e mi mostrò il dito. Nel farlo, un pezzo di carta stropicciato cade sul pavimento.

"Che tragedia." Zia Amber si piegò per raccogliere il pezzo di carta. Aggrottò le sopracciglia mentre spiegava il foglio e lo leggeva. "Oh oh. La tua tisana di cardo mariano contiene un errore, Pearl. Invece di cardo mariano, c'è scritto vischio. Sai che il vischio è velenoso, vero?"

"Certo che lo so... Fammi vedere." Zia Pearl strappò di mano la carta a zia Amber.

Zia Amber scosse la testa guardando il corpo senza vita di Merlinda. "Oh mio Dio, Pearl. Cos'hai fatto?"

CAPITOLO 14

"*H*ai ucciso Merlinda," gridò Dominic. "Stava per tornare a casa e lasciarti definitivamente. Sapevi che non potevi tenerla intrappolata qui per sempre nella tua stupida scuola. Così hai avvelenato la sua tisana e l'hai uccisa."

"Pearl non l'ha fatto di proposito. È stato un incidente." Le parole di Mamma rimasero appese in aria e restammo tutti in silenzio.

Dominic si avventò verso zia Pearl. "Ti ucciderò, vecchia."

Brayden e Tyler lo fermarono prima che arrivasse vicino a zia Pearl. Ognuno lo afferrò per una spalla e lo trattenne, a malapena.

Non avevo idea di cosa intendesse Dominic riguardo al tenere Merlinda a Westwick Corners, ma probabilmente c'era qualcosa di vero. Qualche volta zia Pearl arrivava a rimedi drastici quando non riusciva in quello che voleva. Ma... uccidere Merlinda per evitare che se ne andasse? Impossibile. Non potevo immaginare che fosse capace di farlo.

Era il genere di cose che si sentivano al programma *Dateline*. La gente si disperava perché l'amore era in pericolo. E anche se la relazione tra zia Pearl e Merlinda era più quella di mentore e protetto, zia Pearl era davvero attaccata a lei. In effetti era praticamente ossessionata. Se Merlinda aveva davvero pensato di lasciare la Scuola di Fascinazione di Pearl per sempre allora non dubitavo che zia Pearl avrebbe messo in atto la sua forma di giustizia privata.

Essendo un ex studente, l'avevo provato di persona.

Sarebbe arrivata a uccidere Merlinda? Non era possibile.

"Non essere ridicolo." Zia Pearl sogghignò, la voce improvvisamente calma. "Sono una persona ragionevole e non mi sarei mai messa in mezzo ai desideri di Merlinda. Non era me che voleva lasciare, sai."

Gli occhi di Tyler si strinsero. "Che cosa stai cercando di dire, Pearl?"

Zia Pearl alzò gli occhi al cielo. "Arrivaci da solo, sceriffo. Fai il tuo lavoro."

"Zia Pearl, rispondi alla domanda di Tyler." La sua risposta insolente mi colpì, era veramente strana. Un minuto prima era praticamente isterica.

"Io non ho ucciso nessuno." Zia Pearl mostrò un pugno a Dominic. "Perché mai avrei dovuto avvelenare la mia studentessa? Gli studenti morti non sono una buona pubblicità per la Scuola di Fascinazione di Pearl, non ti sembra? Come potrei attirare nuovi allievi?"

Me lo chiedevo anch'io ma non osai esprimermi ad alta voce. Per quello che sapevo, zia Pearl non faceva pubblicità e non aveva nemmeno un sito Web. Era tutto per passa parola, e proprio in quel modo anche Merlinda era arrivata alla Scuola di Fascinazione di Pearl. Aveva attraversato mezzo mondo per frequentarla, solo per subire un destino così triste.

Dominic lottò per liberarsi da Tyler e Brayden che lo tenevano fermo per le braccia. "Te lo dico io perché l'hai uccisa. Perché era meglio di te. Merlinda mi ha detto che tu eri gelosa del suo talento. Non volevi che andasse per il mondo mettendoti in ombra, perché in quel modo tutti avrebbero saputo che era meglio di te. Ammettilo."

Almeno non aveva aggiunto che zia Pearl era meglio *come strega*. Brayden sapeva dei nostri talenti magici… In qualche modo. Li riteneva casi di follia new age, non pensava fossimo streghe. Pensava che le nostre erbe, talismani e pozioni fossero solo una specie di strano hobby di famiglia e non notava niente di quello che succedeva sotto il suo naso. Non aveva idea di tutti gli incantesimi che zia Pearl gli aveva lanciato addosso esclusivamente per il suo divertimento personale.

Tyler, d'altra parte, conosceva il nostro segreto soprannaturale. A parte la cecità volontaria di Brayden, in realtà solo Gail non aveva idea che fossimo streghe.

E doveva restare in questo modo.

Zia Pearl sbuffò. "Gelosa? Perché avrei dovuto essere gelosa? Ho insegnato a Merlinda tutto quello che sapeva."

"Dai, Pearl, non prendertela con Dominic. Ha appena perso Merlinda." La mamma appoggiò un braccio sulle spalle di zia Pearl e la guidò via dal corridoio, verso il salotto. Zia Amber e io le seguimmo.

La mamma e zia Amber crollarono sul divano, ognuna a un lato di zia Pearl, come sorelle guardiane di un prigioniero. Io restai in piedi sulla soglia, pronta a bloccare zia Pearl nel caso in cui avesse cercato di andare contro Dominic.

"Beh, io ho appena perso la mia protetta. Non importa a nessuno come mi sento?" Zia Pearl arrossì di rabbia mentre si liberava il braccio da zia Amber. "Che razza di insegnante avvelena i suoi studenti? Di certo non io."

Zia Amber alzò una mano. "Non sto dicendo che l'hai avvelenata di proposito, Pearl. Sei stata poco attenta e hai scritto male l'incantesimo. Facciamo tutti degli errori, qualche volta. Sai, con i nomi delle erbe ci si può sbagliare."

Zia Pearl si accigliò. "Forse sarai tu poco attenta, Amber. Non io. Sono troppo brillante per fare un errore come quello. Come puoi anche solo pensare una cosa del genere? In mezzo a noi c'è un assassino."

"Non sappiamo se sia questo il caso," dissi. "Certo la morte di Merlinda sembra sospetta, ma solo il medico legale può determinare la causa della morte. Tutto quello che possiamo fare è lasciare intatte le prove."

"Prove?" La mamma rabbrividì. "Non mi piace come si sta mettendo la faccenda."

"Cen ha ragione," disse zia Amber. "Con la tempesta che infuria, passerà un po' di tempo prima che il medico legale riesca ad arrivare, quindi dobbiamo assicurarci che rimanga tutto esattamente com'è."

Dovevamo almeno riuscire a convincere zia Pearl a tenere le mani (e la magia) a posto. Nascondere un errore poteva avere conseguenze tremende.

"Pensate davvero che io l'abbia avvelenata?" Zia Pearl osservò i nostri volti in cerca di una risposta. "Io penso che qualcuno stia cercando di incastrarmi. Scommetto che è quel dannato sceriffo Gates."

"Non essere ridicola, zia Pearl," dissi. "Non ha avuto niente a che fare con la morte di Merlinda. Non è mai stato vicino a lei." Tyler era arrivato tardi e si era seduto di fianco a me, sul lato opposto del tavolo. Non l'avevo mai perso di vista.

Zia Amber e Mamma si scambiarono occhiate preoccupate. Sapevo cosa stavano pensando. Dovevamo fare qualcosa prima che zia Pearl agisse in modo sconsiderato.

Sia che si trattasse di un incidente che di un crimine premeditato, zia Pearl era un sospetto poco probabile. Era una perfezionista e non faceva praticamente mai errori. Raramente si sbagliava con gli incantesimi, ma di certo non era mai successo con una semplice infusione.

D'altra parte, avevamo mangiato tutti la stessa cena, e solo Merlinda aveva bevuto la tisana.

Tuttavia, zia Pearl aveva molto da perdere anche da un semplice errore. Per prima cosa la reputazione della scuola. Come se mi avesse letto nel pensiero, zia Pearl disse: "Non è stato un incidente. E non c'era niente di sbagliato con la mia tisana."

Zia Amber picchiettò sul foglietto con un'unghia ben curata. "Ma la ricetta, qui, dice vischio…"

Zia Pearl strappò la ricetta di mano a zia Amber. "Ora smettila, Amber! L'ho scritta sbagliata di proposito, come salvaguardia, così nessuno me la può rubare."

"Ammetti di avere sbagliato, Pearl." Zia Amber cercò di riprendersi il foglietto ma zia Pearl lo strappò in pezzetti piccolissimi.

Zia Amber alzò gli occhi al cielo. "Ora stai distruggendo le prove. Comunque non ti serve a niente, la tua tisana verrà esaminata."

"Ma questo è ridicolo! Non potrei mai fare un errore come quello. Lo dimostrerò." Zia Pearl afferrò la tazza di tisana di Merlinda dal tavolino da caffè e ingoiò quello che ne era rimasto. La tazza tremò quando lei la lasciò andare sul piattino. "Vedi, perfettamente innocua."

Io trattenni il fiato. "Hai appena bevuto la prova."

"E nel farlo ti sei avvelenata, sciocca," aggiunse zia Amber. "Spero che riusciremo a salvarti in tempo, dato che questo tipo di veleno non è istantaneo. Quanto tempo fa Merlinda aveva bevuto la tisana?"

"Oh, non so." Zia Pearl si girò verso di me. "Quando Cen era nella sfera di neve. Forse un paio d'ore fa. Quanto tempo ci vuole per avvelenare qualcuno?"

ornammo in corridoio per vedere cosa stavano facendo gli uomini. Era difficile muoversi perché tutti sgomitavano per avere una posizione migliore. Dominic si inginocchiò di fianco a Merlinda e Tyler si accucciò dalla parte opposta. Il resto di noi si affollò intorno a loro.

Nell'ingresso notai che mancava qualcuno. "Dov'è Earl?"

"Pensavo che fosse in soggiorno insieme a voi," disse Brayden.

"No." Normalmente Earl non si allontanava mai dal fianco di zia Pearl. Tornai con il pensiero al veleno per topi e immaginai che fosse tornato in cucina per controllare il misurino della mamma. Ma il veleno per topi non spiegava perché solo Merlinda era stata colpita. Non era l'unica che aveva mangiato la torta di Natale. Forse la reazione di Merlinda non era dovuta per niente alla torta.

Gli occhi di Tyler incrociarono i miei. "Cen, assicurati che nessuno tocchi niente. Devo fare una telefonata."

Io annuii e guardai Tyler andare in salotto. Più facile a dirsi che a farsi.

Zia Amber spinse da parte la mamma e me e diede un colpetto sulla spalla di Dominic. "Togliti e lascia che dia un'occhiata. Posso dire all'istante se Merlinda è stata avvelenata dal vischio."

Dominic le fece cenno di allontanarsi con la mano. "Non osare toccarla. Non sei un dottore. Dobbiamo aspettare che lui arrivi."

Oh oh.

"Dai per scontato che il medico legale sia un uomo?" Chiese zia Amber. "In realtà è una donna. Perché pensavi diversamente?"

"Perché, beh, medico legale. Per forza è un uomo. Le donne non sono brave in quel genere di cose." Disse Dominic.

"Quello che pensi veramente è che non ti piacciono le donne che sono brave in generale, vero, Dominic?" Zia Amber strizzò gli occhi. "Di certo non ti piaceva che Merlinda ti mettesse in ombra. Non puoi accettare nemmeno che io sia un'esperta nel mio campo. Anche se questo significa scoprire cosa è successo a tua moglie."

Zia Amber era femminista, erbologa e strega in quest'ordine. Ed era meglio non sottovalutarla in quelle rare occasioni in cui prendeva le staffe. Questa era una di quelle.

Dominic si alzò per sfidare zia Amber. Doveva avere lui l'ultima parola. "Mi piace che le donne stiano al loro posto, a cucinare e pulire. A parte, ovviamente, se non cucinano molto bene."

"Ti stai infilando in un campo minato, figliolo," lo avvisò zia Pearl. "Non c'è niente che non vada nella cucina di Ruby."

"Aspettate un attimo..." La mamma fece un passo avanti ma era troppo tardi.

"Ehi! Cosa diavolo..." Dominic si aggrappò a zia Amber mentre lei lo spingeva via dal corpo di Merlinda e lo lanciava verso la porta del salotto con una sola mano. Barcollò andando all'indietro prima di cascare attraverso la soglia e ridursi in un fagotto appena dentro al salotto.

A giudicare dall'espressione stupita di Dominic, era chiaramente sconcertato da come la minuta zia Amber lo aveva appena superato con la sua forza. "Come hai fatto?"

"Ti piacerebbe saperlo?" Zia Amber non aspettò la risposta. "Si dà il caso che io sia molto brava nel mio lavoro."

Spazzolò tra loro le mani come per pulirle da Dominic. Terminata l'operazione di somministrare la giustizia, si inginocchiò di fianco a Merlinda. Studiò attentamente il volto della ragazza facendo attenzione a non toccarla. Si piegò in avanti e inalò l'aria che usciva dalla sua bocca.

La mamma si era messa tra Dominic e zia Amber, pronta ad agire. Aveva i poteri per fermarlo, anche se era riluttante ad usarli. Era evidente dalla sua espressione, simile a quella di un cervo illuminato dai fari.

"Avresti dovuto aspettartelo, Dominic." Zia Pearl strizzò gli occhi. "Adesso capisco cosa intendeva Merlinda."

"Stai bluffando. Merlinda non ti ha mai detto niente di me." Dominic sembrò spaventato. "Lo ha fatto?"

Zia Pearl si appoggiò un dito alla bocca. "Le mie labbra sono sigillate. Non tradisco mai una confidenza. Merlinda mi ha detto tutto quello che avevi in mente, quindi non cercare di fare il brillante."

Dominic arrossì. Aprì la bocca ma ci ripensò. Serrò le labbra senza dire un'altra parola.

Zia Amber alzò lo sguardo, il volto carico di preoccupazione. "Merlinda è stata di sicuro avvelenata."

Tyler finì la sua telefonata e gettò il cellulare in tasca mentre tornava nell'ingresso. "Bene, tutti fuori e dentro al salotto. Tranne te, Brayden. Sposteremo Merlinda nello studio e chiuderemo a chiave la porta finché non arriva il medico legale."

Brayden annuì, anche se sembrava non stare bene e piuttosto riluttante a toccare Merlinda, ormai senza vita.

Dominic protestò ma fu zittito rapidamente da Brayden con la sua solita maniera schietta e irritante. "Tyler ha ragione, Dominic. Non possiamo lasciare Merlinda qui sul pavimento del corridoio. Dobbiamo spostarla."

Nonna Vi volteggiava di fianco a Brayden. Ovviamente solo noi streghe potevamo sentirla, ma lei lo disse comunque. "Qualunque strega che meriti questo nome può entrare in una stanza chiusa a chiave. E qui ce ne sono diverse."

Era esattamente quello che temevo.

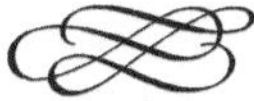

CAPITOLO 16

Seguii la mamma, Gail e gli altri in salotto mentre Dominic sedeva con la schiena appoggiata al muro appena dentro la stanza. Non si era nemmeno preoccupato di alzarsi, per paura che zia Amber lo assalisse di nuovo. Il suo sguardo saltellava avanti e indietro tra zia Amber in salotto e Tyler e Brayden in corridoio. I due uomini stavano ancora decidendo quale fosse il modo migliore di trasportare il corpo senza vita di Merlinda nello studio.

In qualche modo mi sentivo triste per Dominic, ma ero anche sospettosa. Non solo perché la sua visita a sorpresa a Westwick Corners era coincisa con la morte improvvisa della sua nuova e giovane moglie. Anche il matrimonio segreto destava curiosità. Forse lui aveva qualcosa da guadagnare, finanziariamente o in altro modo, dalla morte di Merlinda. Qualunque fossero le circostanze, Dominic aveva parecchie cose da spiegare.

Ero sicura che il dolore di Dominic fosse sincero. Si girò e scrutò alle sue spalle verso il corridoio. Dopo qualche secondo scoppiò in lacrime. Tutto il suo corpo era scosso da singhiozzi incontrollati.

"Qualcuno lo faccia smettere." Nonna Vi volteggiava. "Mi sembra di essere in una pessima soap opera."

"Non posso credere che mi stia succedendo tutto questo. Avrei dovuto restare a casa." Gail si afferrò al bracciolo della mia poltrona ben imbottita anche se c'era abbondanza di spazio sulla seduta a esse e sul divano.

Anch'io avrei preferito che fosse rimasta a casa, ma dirglielo l'avrebbe solo fatta infuriare.

Il commento di Gail era tremendamente egoista ed egocentrico, considerato che qualcuno era appena morto. In qualche modo Brayden era riuscito a trovare una compagna che pensava solo a sé, come lui. D'altra parte, Gail probabilmente non si sarebbe mai aspettata di trascorrere la Vigilia di Natale con il suo ragazzo nella casa della di lui ex fidanzata.

Mi chiesi cosa pensava Gail della mia famiglia di pazzi. E di me. Brayden probabilmente le aveva raccontato che eravamo tutti fuori di testa. Ma perché, soprattutto, mi doveva importare di quello che pensava Gail? In qualche modo, desideravo che Gail si pentisse di aver accettato lo strano invito all'ultimo minuto di zia Pearl.

Egocentrica o no, non era lei responsabile della situazione in cui si trovava.

Lanciai un'occhiata al mio fianco e rimasi scioccata da quello che vidi. Mentre tutti noi eravamo seduti in un silenzio stupito, Gail frugava nella sua borsa gigante. Alternava la limatura delle unghie al controllo del telefono per eventuali messaggi. Evidentemente, nemmeno la morte improvvisa era sufficiente per catturare la sua attenzione.

La combinazione della luce del telefono di Gail e dei candelabri creava una strana luminescenza che accentuava le ombre sui muri del salotto, rendendo l'atmosfera ancora più straniante.

Zia Pearl ruppe il silenzio. "Perché devo sempre venire incolpata di tutto? Vi assicuro che non c'era niente che non andasse con la mia tisana. Credetemi, se avveleno qualcuno, lo faccio rapidamente. In un attimo." Fece schioccare le dita per ottenere più effetto.

"Cosa intendi con *se* avveleno qualcuno?" Zia Amber era davvero stupita. "L'hai già fatto?"

Come dirigente della WICCA, zia Amber aveva il dovere di riferire ogni utilizzo sbagliato della magia, qualcosa di cui zia Pearl era perfettamente a conoscenza. Zia Pearl giocava un gioco pericoloso, nel quale tutti quanti dovevamo sopportare il peso delle sue pretese sconsiderate.

"Non intendeva..." La voce della mamma si affievolì mentre si rendeva conto della gravità delle parole di zia Pearl.

"Certo che intendevo," scattò zia Pearl. "Non starò a raccontare i dettagli, ma diciamo semplicemente che se mi fate arrabbiare ve ne pentirete in eterno."

Zia Pearl continuava a negare di avere qualcosa a che fare con la morte improvvisa di Merlinda, sicura che non ci fosse niente di sbagliato nella sua tisana. E comunque ora insinuava che avrebbe ucciso chiunque l'avesse fatta arrabbiare.

"Stai mentendo. Non avveleneresti qualcuno di proposito." Lanciai un'occhiata nel corridoio. Brayden era di guardia a Merlinda ma Tyler non si vedeva da nessuna parte. Meglio così. I commenti incriminanti sui veleni di zia Pearl l'avrebbero solo costretto ad approfondire e possibilmente seguire una pista sbagliata.

"Dipende."

Io sospirai. "Non so perché stai cercando di distogliere la nostra attenzione dalla tragedia di quello che è appena successo. Accettalo, zia Pearl. Hai fatto un errore. Facciamo tutti errori ogni tanto. Sarebbe meglio che tu semplicemente lo ammettessi."

Zia Pearl si alzò e incrociò le braccia ossute sul petto. "Rifiuto di rispondere per il motivo che potrebbe incriminarmi. Non intendo divulgare i miei segreti. Inclusa la mia ricetta segreta per l'infuso. Riguardo al veleno... Voi non avete niente di cui preoccuparvi."

"Quale ricetta segreta?" Zia Amber picchiettò il dito su un pezzo di carta. "Ho un'altra copia della tua ricetta proprio qui. L'ho trovata sul bancone di cucina."

"Cosa? No, non è possibile." Zia Pearl tirò fuori un pezzo di carta piegato dal reggiseno. Sospirò, visibilmente sollevata. "Quella è solamente un'altra falsa ricetta. Modifico sempre gli ingredienti nel caso la ricetta cada in mani nemiche." Strappò il pezzo di carta dalle mani di zia Amber.

"Oh, che diamine, Pearl, ammettilo. Hai fatto un errore." Zia

Amber indicò l'ingresso. "Per favore ammettilo prima che Tyler parta per la tangente pensando che qualcuno è stato ucciso. E non andare in giro a dire a nessun altro che hai l'abitudine di avvelenare la gente di proposito."

"Non ho avvelenato Merlinda. Continuo a dirtelo, la mia tisana era perfetta. L'ho bevuta anch'io e, guardami. Sto beniss-ssimo." Mentre parlava le tremò la voce.

"No, non è vero. Stai battendo i denti." Zia Amber si accigliò. "Non so perché stai cercando di depistare le cose, ma stai mancando di rispetto a Merlinda, come minimo. Non vuoi che lo sceriffo arrivi al fondo della faccenda? Ora lui pensa che la sua morte sia sospetta. Stai trasformando un tragico incidente in un'indagine per omicidio."

"Non sto facendo niente del genere," scattò zia Pearl. "Lo sceriffo Gates non potrebbe trovare un killer nemmeno nel braccio della morte in una prigione di massima sicurezza. Smettetela di prendervela con me e cercate di trovare il vero assassino di Merlinda. Sappiamo tutti che lo sceriffo non ci riuscirà mai."

"Non parlare di Tyler in questo modo," sussurrai. "E abbassa la voce. Non farò parte di qualunque cospirazione stai mettendo in piedi."

"Cen ha ragione, Pearl," disse la mamma. "Tyler è un fantastico sceriffo. Non dovresti metterlo in cattiva luce. Ammetti il tuo errore."

"Oh, diamine, Ruby. Non c'è niente che non va con la mia tisana. Lo sceriffo Gates sta cercando di incastrarmi. Forse è stato lui a uccidere Merlinda."

Mi avvicinai a zia Pearl e tenni il candelabro vicino al suo volto. Era pallida e un'imperlatura di sudore le copriva la fronte. Le pupille dilatate erano visibili anche a quella luce fievole.

Non credevo che la luce di candela fosse sufficiente a far dilatare la pupilla di una persona di settant'anni, ma quelle di zia Pearl erano decisamente grandi. Forse era dovuto all'eccitazione e allo shock per la morte di Merlinda. O forse i suoi occhi avevano reagito a qualcosa di peggio, come veleno.

Mi avvicinai ancora. "Sei sicura di sentirti bene, zia Pearl? Non hai una bella cera."

Zia Pearl alzò una mano, facendosi schermo agli occhi. "Diamine, Cen, toglimi quella luce dagli occhi. E smettila di farmi il terzo grado. Questo interrogatorio è fuori luogo. Cosa c'è in programma dopo… Mi terrai la testa sotto l'acqua?"

Aprii la bocca ma decisi che era meglio stare in silenzio. Almeno era rimasta la solita litigiosa. Era un buon segno e non volevo provocarla ulteriormente. Ma sembrava terribilmente instabile. Appoggiai il candelabro sul tavolino. "Mamma, vieni ad aiutarmi."

"Oh… All'improvviso mi sento stanca. Ho davvero bisogno di sedermi." La mano di zia Pearl tremava mentre se la portava la fronte.

La mamma e io guidammo zia Pearl al divano, appena in tempo.

Le gambe della zia cedettero e lei cadde sul divano. Si afferrò lo stomaco e lentamente scivolò in posizione distesa. "Non mi sento molto bene."

La stanza improvvisamente si illuminò ma non era tornata l'elettricità.

Era opera di Merlinda. Anche se lei non c'era più, il suo globo di neve tropicale brillava ancora. Cresceva e diminuiva lanciando una luce innaturale nel salotto oscuro. Era, o meglio era stata, una strega talmente potente che il residuo del suo potere rimaneva anche dopo la sua morte.

Era una cosa strana. Inquietante, in effetti. Il testamento dei poteri soprannaturali di Merlinda. Eppure, nonostante la sua forza, qualcuno aveva avuto la meglio su di lei.

"Cen?" Zia Pearl si mise seduta e graziò con voce roca. "Quanto ci vuole per avvelenare qualcuno? Tu sei un'esperta in questo genere di cose."

Non avrei potuto rispondere nemmeno se avessi voluto. Ero rimasta senza parole, inebriata dal globo di Merlinda che diventava sempre più luminoso. Ora la luce pulsava e sembrava che godesse di vita propria. Era bellissimo.

La mia gelosia per Merlinda ora sembrava così meschina. In tutti questi mesi, avrei potuto avvicinarmi a lei e diventare sua amica. Era stata da sola in un Paese straniero, lontano dalla famiglia e dagli amici. E io di proposito l'avevo sfuggita quando invece avrei potuto proteggerla. Ormai era troppo tardi per questo e rimpiansi la mia meschinità.

"Io non so niente di come si avvelenano le persone." Lanciai un'occhiataccia a zia Pearl. "Non cercare di buttare la colpa su di me."

"Oh, Cen, rilassati." Zia Pearl emise un profondo sospiro. "Sanno tutti che sei scarsa come strega e non potresti avvelenare una pulce nemmeno se ne andasse della tua vita. Ho solo pensato che con il tuo background da giornalista avresti potuto sapere qualcosa in generale sui veleni. Stavo mettendo alla prova la tua conoscenza. E, tanto perché tu lo sappia, il risultato è stato pessimo."

Zia Pearl sembrava essersi completamente ripresa da qualunque calamità l'avesse colpita qualche momento prima. Forse era tutta una recita.

"Torniamo a concentrarci su Merlinda." Mi girai verso zia Amber. "Non riesci a farla collaborare?"

Zia Amber alzò le spalle come per assolversi da qualunque responsabilità per la sorella. Era evidente che temeva di provocare ulteriormente zia Pearl. Indicò la tazza vuota. "Per quello è un po' tardi."

"Come al solito reagisci in maniera esagerata, Cen," zia Pearl si illuminò. "Farò semplicemente un incantesimo di rewind. Merlinda tornerà indietro, nessuno di noi mangerà o berrà nient'altro e tutto sarà a posto."

"Non essere ridicola," disse zia Amber. "Non puoi fare un incantesimo di rewind su te stessa."

"Bene, Amber. Visto che pensi di sapere tutto, fallo tu." Zia Pearl fulminò con lo sguardo zia Amber e alzò le braccia in segno di resa. "Fammi un rewind."

Lanciai un'occhiata nel corridoio proprio nel momento in cui Tyler riappariva sulla soglia. Lui e Brayden avevano spostato Merlinda durante la nostra accalorata discussione. Ma Brayden non si vedeva da nessuna parte.

Tyler superò Dominic entrando in salotto. "Nessuno farà rewind su niente."

Zia Amber tirò su col naso. "Ha ragione, Pearl. Non dobbiamo nascondere l'incidente."

"Ma io sto dicendo che non è stato un incidente!" Zia Pearl scattò in piedi dal divano, ogni segno di malattia svanito. "Non mi stai ascoltando!"

Dominic si accigliò. Si alzò e uscì dal salotto diretto nell'atrio.

Earl non era ancora comparso e mi stavo chiedendo cosa stesse facendo. Tyler aveva ordinato a tutti di restare in salotto, ma era stato dopo che Earl era svanito.

Brayden non era nemmeno più nell'atrio ma immaginai che si fosse disteso dopo essere stato costretto ad aiutare Tyler. D'altra parte, era strano che non si fosse seduto sul divano con Gail, cercando di farmi ingelosire.

Zia Amber si accigliò. "Ancora una cosa, Pearl. Se Merlinda è stata uccisa come tu sostieni, come potresti fare un incantesimo di rewind in primo luogo? Non avresti abbastanza dettagli su cui lavorare. C'è qualcosa che non ci stai dicendo?"

Gail alzò lo sguardo dalle unghie che stava limando. "Di cosa diavolo state parlando voi tutti?"

Noi la ignorammo.

Zia Pearl batté i piedi e aggrottò le ciglia. "Smettila di cambiare argomento, Amber. Sto dicendo che sono assolutamente certa che non ci fosse niente che non andava con la mia tisana. È un omicidio."

"Questo lo giudicherò io." Tyler prese la tazza con una mano guantata e la depose in una borsa di plastica.

"Arrestami e te la farò pagare, sceriffo Gates."

Tyler alzò gli occhi al cielo. "Tu proprio non capisci quando è ora di smetterla, Pearl."

Zia Pearl agitò un braccio ossuto in aria. "Perché non lasci questa città, sceriffo Gates? Non abbiamo bisogno di te qui."

Lui fece l'occhiolino a zia Pearl. "Io penso che tu abbia davvero bisogno di me. Ti tengo lontano dai guai."

"Nessuno mi tiene lontano da niente. Soprattutto non tu, sceriffo! Faccio un sacco di cose di cui non sai niente. Non darti un credito che non meriti."

"Zia Pearl, smettila di discutere…" Fui interrotta da Earl.

"Ho trovato il mio misurino." Earl era sulla soglia della sala da pranzo, il volto arrossato e sudato. Il vestito da Babbo Natale era mezzo sbottonato e mostrava una camicia di flanella. Sia la camicia che il vestito erano coperti di uno strato di polvere bianca. "È molto simile a quello di Ruby ma quello che ho usato per il veleno aveva il beccuccio rotto."

"Oh, no! Quello è il misurino che ho usato. Ora me lo ricordo." La mamma si alzò di colpo dal divano e gridò mentre correva verso la sala da pranzo.

Mi sentii il cuore in gola mentre correvo dietro alla mamma.

Fissai il tavolo della cena. Il piatto del dolce di Natale era vuoto. Non era rimasta una briciola ma c'era qualcos'altro al suo posto.

Due topi morti.

"Oh, mio Dio!" Gridò la mamma. "Moriremo tutti!"

CAPITOLO 17

Appoggiai il braccio sulle spalle di Mamma e le strinsi per consolarla. "Forse i topi erano stati avvelenati dal miscuglio di Earl prima di saltare sul tavolo." Mi girai verso Earl e feci una domanda ovvia. "Erano già sul piatto o glieli hai messi tu?"

"È ovvio che non li ho messi io lì. Perché avrei dovuto?" Earl si asciugò il sudore dalla fronte. "Stavo andando a togliermi questo stupido vestito da Babbo Natale, muoio di caldo, e allora ho visto i topi morti sul tavolo."

"Com'è che sei tutto coperto di farina?" Zia Amber strizzò gli occhi e osservò Earl in modo sospettoso. Uno strato di polvere bianca copriva la metà superiore del suo vestito. "L'hai scambiata ancora con il veleno per topi?"

Earl scosse la testa e alzò le mani in segno di protesta. "No… Non è per niente quello che è successo. Ma dovevo sapere se Ruby aveva scambiato il suo misurino con il mio. È una cosa che mi fa impazzire, e non avrei trovato pace se fosse accaduto, così sono tornato in cucina per fare una prova."

"E, esattamente, come fai un test tossicologico su un misurino vuoto?" Chiese zia Amber.

"Non ho mai detto che fosse qualcosa di scientifico." Earl abbassò lo sguardo verso l'enorme cintura del vestito da Babbo Natale. "Ma se fosse stato il mio veleno per topi, c'è un modo di saperlo."

"Come?" Chiesi.

"Ho riempito il misurino vuoto con acqua. Non ha frizzato e questo mi ha fatto capire che nel misurino di Ruby c'era davvero solo farina." Si accigliò vedendo che non riuscivamo a seguirlo. "La mia ricetta del veleno per topi frizza quando aggiungi l'acqua."

"Lo fai tu il veleno?" Io rabbrividii pensando che il veleno fatto in casa sembrava qualcosa che avrebbe potuto fare zia Pearl. Forse dopo tutto quei due non erano così diversi. Mi chiesi quante altre ricette mortali avevamo in casa.

Earl alzò gli occhi al cielo. "Certo che lo faccio io. Sono un contadino e quindi improvviso. Ho usato farina, zucchero, bicarbonato di sodio e un po' di burro di arachidi. Ah… Anche un po' di Warfarin."

Io aggrottai le sopracciglia. "Il fluidificante per il sangue?"

Earl annuì. "Una piccola dose è velenosa per i roditori. La quantità che ho utilizzato è innocua per gli umani, come il resto degli ingredienti. Burro di arachidi, farina e zucchero attraggono i topi e poi il bicarbonato di sodio e il Warfarin li uccidono provocandogli gas e ferite. Gli uomini possono scorreggiare ma topi e ratti no. Tutto quel gas è fatale per loro. Il Warfarin è solo per maggior sicurezza. Funziona come una magia." Earl schioccò le dita soddisfatto.

"Quindi la mia torta non era assolutamente velenosa?"

Earl scosse la testa. "No, a meno che chi la mangia non sia un roditore che non può liberarsi del gas."

La mamma unì i palmi delle mani in un segno di preghiera. "Grazie a Dio non ho ucciso nessuno."

Io alzai le spalle. "E così ricominciamo da zero."

Zia Pearl mi fissò con sguardo vuoto.

"La tua tisana." Era uno scherzo solo a metà perché l'ego ferito di zia Pearl spesso conduceva ad azioni drastiche. Considerando i racconti del culto del cargo e la mia esperienza personale con il globo di neve, Merlinda era già una strega migliore di zia Pearl. Dopo tutto,

Merlinda da sola aveva preso in giro un'intera nazione del Sud Pacifico con la sua stregoneria. Un'impresa difficile anche per le streghe più esperte.

Lanciai un'occhiata al suo globo di neve. Sembrava brillare ancora di più rispetto a qualche momento prima.

"Grazie di nulla, Earl." Zia Pearl si accigliò. "Pensavo davvero che insieme avessimo qualcosa di speciale."

"Ma certo che è così, Pearl," disse Earl. "Ma tutti quanti qualche volta sbagliamo. Io faccio un sacco di errori, e questo è il motivo per cui controllo sempre due volte di non aver scambiato gli ingredienti della mia ricetta rischiando di contaminare quella di Ruby usando lo stesso misurino. L'ho anche provata personalmente per essere sicuro. Tutti possono sbagliare. Se tu pensi di aver accidentalmente avvelenato Merlinda, basta che tu lo dica."

La mamma annuì. "So che è difficile ammettere di aver sbagliato, ma sbagliamo tutti. Anche la mia sorella perfezionista."

Zia Pearl lasciò cadere la testa tra le mani. "Io... Io ora non lo so più. Sono sempre così attenta, ma forse con tutta la confusione che c'era intorno potrei aver scambiato qualche ingrediente."

Zia Pearl era talmente pignola su ogni dettaglio. Era difficile pensare che avesse fatto un errore, anche con la sua ammissione. Per prima cosa il cardo mariano e il vischio erano completamente diversi di aspetto. Qualunque cambiamento negli ingredienti della tisana avrebbe dovuto essere fatto di proposito, non per sbaglio.

D'altra parte, era innamorata e ultimamente era stata sempre più distratta anche per altre cose. Stava invecchiando. Forse qualche dimenticanza era inevitabile. Ripensai alla mia disavventura con il globo di neve. Zia Pearl poteva essere cattivella ma non mi avrebbe mai lasciata all'aperto, al freddo polare a rischiare di morire. Soprattutto non davanti ad altre persone. No, la giustizia di zia Pearl era limitata all'ambito privato.

Forse con Merlinda aveva osato troppo? La maggior parte degli insegnanti godono dei risultati dei loro studenti, anche se questi mettono in ombra gli insegnanti. Ma zia Pearl sarebbe stata annichilita se Merlinda l'avesse superata con la sua magia. L'avrebbe sopportato?

In poche parole, no.

Spostai lo sguardo al globo di neve tropicale di Merlinda. In maniera assolutamente imprevedibile il globo era sempre più luminoso e ora pulsava di energia. Era una magia molto potente.

CAPITOLO 18

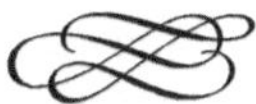

istolsi lo sguardo dal globo di neve di Merlinda e tornai a concentrarmi su zia Pearl. Il fatto che zia Amber continuasse a parlare della tisana di vischio era irritante, ma zia Pearl aveva bisogno di ammettere i suoi errori.

La tisana non poteva essere esclusa finché non fosse stata testata alla ricerca di tossine e quindi eliminata. Sospettai che avesse veramente aggiunto per errore il vischio invece del cardo mariano. Dentro di me desideravo che zia Pearl si rendesse conto che nessuno è perfetto. Nemmeno lei.

Trarre le conclusioni sbagliate riguardo la tisana di zia Pearl, la torta di Mamma o qualunque altra cosa per quello che importa, avrebbe potuto condurre l'indagine nella direzione sbagliata. Era ora di cominciare a mettere dei paletti.

Dominic apparve sulla soglia del salotto con gli scarponi indossati e la giacca in mano.

Zia Amber trattenne il fiato. "Non te ne puoi andare."

"Non mi potete costringere a restare. Qualcuno ha appena ucciso mia moglie e lo sceriffo non sta facendo niente. Non mi lascia nemmeno avvicinare a lei mentre l'assassino può girare libero."

Dominic infilò un braccio nella giacca e si girò verso il corridoio. "Non starò qui ad aspettare che il killer ci prenda tutti, uno per uno."

"Tyler è limitato nelle sue azioni, Dominic," dissi. "Non può indagare su un incidente in cui è coinvolto direttamente. È un conflitto di interessi. Dovrà passare l'indagine alla polizia di Shady Creek. Ma finché questo non succede deve almeno delimitare la scena del crimine. E questo significa che nessuno se ne può andare."

La mamma fece un sospiro. "Cen ha ragione. Tyler, voglio dire lo sceriffo Gates, sa cosa è meglio. Inoltre, non puoi uscire con questa tempesta. Ti congelerai!"

Dominic tirò su la cerniera della giacca. "Preferisco rischiare là fuori piuttosto che restare qui."

Zia Amber scosse la testa. "No, tu devi restare. Nessuno è in pericolo perché non c'è un assassino. La morte di Merlinda è stata un'incidente. Pearl ha fatto confusione con la sua tisana."

"Smettila di accusarmi di omicidio, Amber." Scattò zia Pearl. "Perché avrei dovuto far del male a Merlinda?"

"I… Io non ho mai detto che l'hai fatto di proposito, Pearl." Zia Amber si guardò intorno a disagio. "Chi lo sa? Forse è stata la tua tisana o forse la torta di Ruby. Qualcuno ha ucciso Merlinda e tutto quello che sappiamo è che è stato un terribile incidente. Tuttavia, qui nessuno è un assassino."

"Siate realistici." Sbuffò Dominic. "L'assassino è proprio qui in questa stanza. Io vado a cercare aiuto."

"Aiuto da chi?" Chiese la mamma. "Non puoi arrivare a Shady Creek con le strade ancora chiuse. E siamo fortunati che sia qui lo sceriffo Gates per mantenerci al sicuro."

"Direi piuttosto sfortunati," mormorò a bassa voce zia Pearl.

"Umpff." Brayden non nascondeva il fatto che non gli piacesse e non avesse fiducia in Tyler. Lo avrebbe licenziato all'istante se avesse potuto. Ma trovare qualcuno che lo sostituisse era praticamente impossibile e se l'avesse licenziato sarebbe diventato un sindaco molto impopolare. Nessun altro con la testa a posto voleva far rispettare la legge e l'ordine a Westwick Corners.

"Pensiamo che sia stata la torta di Natale, Dominic. Anche tu ne hai mangiata, vero?" Finsi un'espressione preoccupata.

"Ma hai appena detto che la torta..." Gli occhi di mamma scattarono avanti e indietro tra zia Amber e me.

Zia Amber annuì. "Cen ha ragione, Dominic. Hai mangiato un sacco di quella torta. Non puoi andare fuori da solo prima che abbiamo fatto un test alla torta. Se te ne vai e poi ti senti male come Merlinda, non ci sarà nessuno ad aiutarti."

Avevamo praticamente escluso la torta, ma Dominic non lo sapeva. Era fuori dalla stanza quando Earl aveva confermato che gli ingredienti del suo veleno per topi erano innocui per gli umani.

Lui fece un gesto di scherno. "Non mi preoccupa."

"Perché no, Dominic?" Zia Pearl puntò un dito ossuto verso di lui. "È perché hai ucciso tu Merlinda? L'hai fatto con quella strana polvere verde che hai sparso sulle patate di Merlinda."

Tyler scosse la testa. "No. Ho trovato il vasetto. La roba verde è semplicemente un integratore per il cibo."

"Non te l'ho chiesto," scattò zia Pearl.

"Non avrei mai fatto del male a Merlinda," protestò Dominic. "Io la amavo."

"Allora perché hai tutta questa fretta di lasciarla?" Chiese zia Amber.

I mariti innocenti di solito non erano ansiosi di abbandonare le mogli morte come bagagli dimenticati. Le sue azioni non corrispondevano alle parole.

Tyler si avvicinò a Dominic e lo bloccò. "Nessuno va da nessuna parte finché non abbiamo chiarito tutto. Te compreso."

"Ma..." Dominic alzò un braccio per obiettare.

"Fuori è pericoloso." Tyler fece un cenno con la testa indicando la finestra. "So che questa situazione non è l'ideale. Il fatto è che siamo tutti intrappolati qui finché non cessa la tempesta. Il medico legale da Shady Creek non può arrivare prima di domani mattina. Finché non arriva restiamo tutti qui."

"Tyler ha ragione, Dominic." La mamma indicò verso la finestra.

"Guarda fuori. La neve è troppo alta per camminarci dentro, figuriamoci guidare."

Il vento aveva formato alte montagne che rendevano impossibile anche solo uscire dal vialetto d'accesso. L'Escalade di Dominic era ancora lì in mezzo, coperto da una coltre gigantesca di neve. Forse non era stato solo per pigrizia che non aveva fatto i metri che lo separavano dal parcheggio. Forse dal principio aveva pianificato di dover scappare.

Tyler agganciò la spalla di Dominic con una mano e lo guidò verso il divano. "Se fossi al tuo posto, mi siederei e parlerei, in modo che possiamo risolvere insieme questa faccenda. Voglio sapere tutto di Merlinda, compresi i problemi che aveva con la famiglia, a casa. È nel tuo migliore interesse collaborare perché in questo momento le cose per te non si mettono molto bene."

"Sono sospettato?" Dominic non si sedette. Rimase in piedi vicino al divano, con le braccia incrociate. "Oppure sono in arresto?"

Tyler si strofinò il mento prima di rispondere a Dominic. "Sono tutti sospetti finché non avremo più risposte. Essendo il marito, sei il sospetto numero uno fino a prova contraria. Ti arresterò se cerchi di andartene, Dominic, quindi non ci provare."

"Lo sapevo," borbottò zia Pearl a voce bassa.

In realtà Tyler non aveva detto molto a nessuno. Era rimasto abbottonato anche con me, mentre normalmente condivideva dettagli riguardo le indagini. Mi si formò un nodo in gola quando mi resi conto che questa volta facevo parte del caso e potevo essere un sospetto proprio come il resto della mia famiglia. Per il momento non era stato escluso nessuno. Tyler non avrebbe potuto confrontare i suoi appunti con me anche se l'avesse voluto.

Gail fece un sorriso sarcastico. "Brutto colpo, Tyler. Hai trovato pane per i tuoi denti. Aspettiamo che arrivi la vera polizia?"

Dominic fulminò Gail. "Scusami... Merlinda è appena morta e tu fai la spiritosa? Che genere di persona sei?"

"Si direbbe non un assassino come te," il tono di Gail era amaro. "Ci scommetto che hai fatto un'assicurazione miliardaria sulla vita di tua moglie prima di ucciderla."

Brayden si coprì le orecchie come un bambino. "Smettetela tutti! Mi state facendo venire un'emicrania. Fate semplicemente quello che dice Tyler." Brayden si era candidato sindaco perché gli piaceva essere il capo. Purtroppo non ne era assolutamente capace. Evitava i conflitti come la peste. Da Tyler, in quanto sceriffo, si aspettava che facesse tutto il lavoro sporco. Poi lui prendeva i meriti. E quando le cose andavano male, la colpa era di Tyler.

Non ero sicura di cosa mi sorprendesse maggiormente: lo scatto di Brayden o il suo parteggiare per Tyler.

Gail se la prese con lui. "Non darmi ordini, Brayden."

Brayden fece un profondo sospiro. "Non dò ordini a nessuno... Non ti preoccupare. Solo ascoltate lo sceriffo."

"Sceriffo, sei uno stupido." Dominic indicò zia Pearl. "È quella strana tisana che ha fatto lei. E se questa vecchia gallina avvelenasse qualcun altro?"

"Ci assicureremo che nessun altro beva tisane. Abbastanza semplice." La bocca di Tyler si girò verso il basso.

L'intero corpo di zia Pearl si scosse mentre imprecava sottovoce. La sua rabbia era visibile anche a lume di candela. "Sareste già tutti morti se io avessi voluto avvelenarvi."

Brayden si girò verso Dominic. "Tu guardi troppe serie poliziesche. Pearl non sarebbe capace di fare una cosa del genere."

Zia Pearl agitò il pugno. "Non dirmi che cosa sono capace di fare! Potrei ucciderti senza sollevare un dito."

"Pearl!" boccheggiò la mamma. "Non parlare in quel modo."

Mi venne in mente che il veleno era l'arma preferenziale delle vecchie signore. Ma tenni il pensiero per me.

Zia Pearl si precipitò addosso a Dominic e lo prese a pugni sul petto. Lui era più alto di lei di almeno trenta centimetri e i suoi pugni atterrarono da qualche parte tra lo stomaco e il petto. "Prima di tutto, perché sei dovuto venire qui?"

"Mi hai invitato tu, ti ricordi? Smettila di colpirmi." Dominic afferrò i polsi ossuti di zia Pearl e li tenne lontano per la lunghezza del suo braccio.

"All'inizio ti avevo invitato perché sapevo che tu non ce l'avresti fatta. Merlinda aveva in mente di tornare a casa. Io ti ho esteso l'invito pensando che non saresti venuto. Ma invece lo hai fatto."

"È mia moglie, Pearl. Non ho bisogno del tuo invito per venire a trovarla."

"Davvero? Beh, si dà il caso che io sappia che Merlinda ti aveva avvisato che sarebbe tornata a casa a Vanuatu. È un volo di dieci ore quindi come mai ti aspettavi di trovarla qui? Non avresti potuto sapere in anticipo che il suo volo era stato cancellato."

"Certo che lo sapevo. Ho controllato le previsioni del tempo di tutto il mondo. Non c'era possibilità che la tempesta non arrivasse qui." Dominic non era molto convincente. "La scienza batte sempre la magia. Mi ha fatto anche trovare un volo last minute."

Zia Pearl sbottò. "Bugiardo. Nessuno riesce a trovare last minute nel periodo di Natale"

"La previsione della tempesta è uscita qualche ora prima della partenza di Merlinda," aggiunse la mamma. "Come potevi sapere che era bloccata qui? C'è solo un volo al giorno da Vanuatu ed è sullo stesso aereo sul quale si suppone che tu sia arrivato."

Zia Amber annuì. "C'è qualcosa che non torna nella tua storia, Dominic. Saresti dovuto arrivare prima di oggi." Borbottò qualcosa a bassa voce.

La rabbia di Dominic all'improvviso svanì. Il volto impallidì e gli occhi si spensero. Dondolò instabile sui piedi. Si appoggiò contro il muro per avere un supporto momentaneo ma poi ricadde seduto sul pavimento.

Zia Amber sorrise. "Uno di meno."

Brayden si alzò di scatto dal divano e corse a mantenere dritto Dominic. "Dominic? Cos'hai?"

Nessuna risposta.

"Cosa succede?" Gail seguì Brayden e si chinò su Dominic. "Ti senti male anche tu?"

Dominic annuì una volta prima che la sua testa ricadesse sul petto.

Zia Amber ripeté l'incantesimo e dopo qualche secondo Gail e Brayden erano stregati insieme a Dominic. I tre rimasero accucciati vicini contro il muro con Gail in mezzo ai due uomini. Erano cascati uno sull'altro in un mucchio.

"Cosa diavolo…" Tyler si girò.

"Sei malvagia come zia Pearl," fissai i nostri tre ospiti incoscienti.

"Puoi ringraziarmi più tardi," disse zia Amber. "Facevano troppa confusione. Dobbiamo arrivare al vero punto: La tisana di Pearl."

"Adesso smettila, Amber!" Zia Pearl pestò il piede. "Non sarò incastrata per un crimine che non ho commesso!"

Tyler scosse la testa. "Va bene, dobbiamo parlarci chiaramente. Non puoi semplicemente fare incantesimi sulla gente a casaccio, Amber. Come riusciamo a capire che cosa è vero e che cosa è soprannaturale?"

"È proprio per questo che li ho sistemati," disse zia Amber. "Rimuoviamo le variabili così possiamo risolvere il caso."

Tyler scosse la testa. "Io mi preoccupo di risolvere il caso. Nel frattempo, voi smettete di interferire."

"Sono affari miei come tuoi, Tyler. Non possiamo spiegare i nostri segreti di streghe o rischiare che la squadra CSI di Shady Creek parta per la tangente solo perché hanno trovato cose soprannaturali che non sono in grado di spiegare. Dobbiamo eliminare la magia dal quadro."

"Me ne occuperò io," disse Tyler. "Ma nel frattempo, state ferme. Sveglia subito queste persone."

Rabbrividii al pensiero che Brayden scoprisse che era stato messo k.o. dall'incantesimo di zia Amber. Avrebbe fatto il diavolo a quattro. E di sicuro avrebbe trovato il modo di dare la colpa a Tyler.

"Ti rendi conto che i poteri soprannaturali di Merlinda potrebbero essere il motivo per cui l'avevano presa di mira," disse zia Pearl. "Uno di questi intrusi è probabilmente l'assassino di Merlinda, non uno di noi. O fai tu qualcosa, o lo farò io, sceriffo. Prima che qualcun altro muoia."

Zia Pearl non sembrava più soffrire di alcun disagio a causa della tisana pasticciata. Il tono bluastro della pelle se n'era andato e ora era salda in piedi.

"Rilassati, Pearl," disse la mamma. "Lo stesso vale per te, Amber. Lascia che lo sceriffo faccia il suo lavoro."

Dominic, Gail e Brayden russavano pacificamente, una cacofonia di sbuffi e fischi.

C'eravamo tutti dimenticati di Earl. Era in piedi sulla soglia, un'espressione sconcertata sul volto. Si era tolto il vestito da Babbo Natale e indossava una camicia di flanella e una salopette. "Pearl, cosa diavolo sta succedendo? Mi avevi promesso che stasera non ci sarebbe stato niente di queste cose strane."

Earl si riferiva alla stregoneria di zia Pearl.

"No… Io ho solo detto che non avrei fatto niente a te." Notò la nostra espressione stupita. "Fatevi gli affari vostri!"

"Tu li hai fatti diventare anche affari nostri, zia Pearl." Scossi la testa con sgomento. Gli affari di zia Pearl erano proprio il motivo principale per cui c'eravamo cacciati in questo casino. Era inutile girarci intorno: probabilmente Merlinda sarebbe stata ancora con noi se non fosse stato per la strana festa della Vigilia di Natale organizzata da zia Pearl.

CAPITOLO 19

erlinda era stata quasi dimenticata. Tyler e zia Amber discutevano delle migliori tecniche investigative mentre i nostri tre ospiti russavano sul pavimento del salotto.

Tyler concordò con zia Amber riguardo un po' di psicologia inversa. "Hai ragione, Amber. Dobbiamo neutralizzare i nostri sospetti mentre risolviamo il caso."

Zia Amber sorrise. "Allora diamoci da fare."

"Aspetta un attimo, sceriffo," disse zia Pearl. "Non puoi trattenere Dominic né nessuno di noi contro la nostra volontà. Che genere di uomo di legge sei? Non ci hai accusati di niente. Ci hai a malapena fatto qualche domanda."

"Lo farà la polizia di Shady Creek," disse Tyler. "Io devo tirarmi fuori perché ero qui quando è morta Merlinda. Sono anch'io parte del caso."

"Probabilmente colpevole come il peccato," borbottò zia Pearl a bassa voce.

Zia Amber alzò gli occhi al cielo. "Penso che noi sappiamo già chi ha fatto questo a Merlinda, Pearl. Gli incidenti possono accadere e prima tu accetti…"

117

"Smettila di accusarmi, Amber! Ho bevuto anch'io la stessa tisana e non c'è niente che non vada in me." Zia Pearl si girò verso Tyler. "Per quanto riguarda te, sceriffo, anche se tu volessi portarci in città e metterci in prigione, non puoi. La prigione di Westwick Corners è troppo piccola per trattenere più di due persone. Non ci avevi pensato, vero, figliolo?"

Tyler ignorò il tono poco rispettoso di zia Pearl e indicò il mucchio russante accasciato contro il muro. "Loro per il momento non vanno da nessuna parte. Amber, per quanto…"

"Rimarranno addormentati finché vuoi." Disse zia Amber. "Li sveglierò quando me lo dirai."

"Cosa diavolo succede?" La fronte di Earl si riempì di rughe. "Hanno bevuto anche loro la tisana di Pearl?"

Zia Pearl pestò i piedi. "Quante volte ve lo devo ripetere? Non è stata la mia tisana. Non ho idea di dove sia saltata fuori quella ricetta o come sia arrivata nella mia tasca. Lo stesso vale per la copia che Amber ha trovato sul bancone di cucina. Qualcuno sta cercando di incastrarmi. Io non ho fatto confusione con gli ingredienti, nonostante quello che dice Amber."

"La ricetta è scritta nella tua calligrafia, Pearl. La riconoscerei dovunque." Zia Amber fece sventolare il foglietto davanti al naso di zia Pearl. "Ammettilo. Hai fatto un errore."

"È una contraffazione, Amber. Come osi accusarmi…"

"Oh, smettetela una buona volta di bisticciare, voi due!" La mamma si infilò tra le due sorelle e le allontanò spingendole con le braccia. "Sono contenta che non ci fosse niente di sbagliato nella tisana di Pearl. Questo rende ancora più importante arrivare in fondo alle cose. Dobbiamo scoprire cosa è successo alla povera Merlinda e non ci potremo riuscire se litighiamo tra noi."

Sia zia Pearl che zia Amber fecero qualche passo indietro e fissarono la mamma stupite.

Io fui orgogliosa di vedere la mamma che si faceva valere nei confronti delle due sorelle dotate di maggiore volontà.

Un forte russare disturbò il silenzio.

Più di un russare, a dire la verità.

Dominic aprì temporaneamente un occhio e poi ricadde nuovamente addormentato.

Zia Amber ridacchiò al sentire un altro forte sbuffo. Questa volta veniva da Brayden.

Io sbadigliai, sentendomi all'improvviso stanca. Per la prima volta, notai che eravamo tutti assonnati, con le palpebre che cadevano e stavamo lottando per restare svegli. I miei pensieri vagavano in un momento in cui invece avrei dovuto restare molto concentrata. Ero stata stregata anch'io?

Mi strofinai la fronte e mi girai verso zia Pearl. "Dobbiamo cercare di risolvere l'enigma prima che si sveglino."

"Allora parla al tuo fidanzato sceriffo. Perché dovremmo fare noi il suo lavoro?" Chiese zia Pearl.

Io lanciai un'occhiata a Tyler. Si accucciò nel corridoio e fece cadere qualcosa in una bustina con la mano guantata.

Mi girai verso zia Pearl. "Non stiamo facendo il suo lavoro. Semplicemente lo stiamo aiutando a eliminare le tracce inutili. Se riusciamo almeno in questo, lui potrà riferire la prova che non siamo coinvolti alla polizia di Shady Creek. Troviamo delle prove per scagionarci tutti quanti, piuttosto che cercare di accusarci."

"Cen ha ragione." Annuì zia Amber.

Restammo tutti a fissare i corpi che russavano davanti a noi.

"Uno di loro deve essere l'assassino," disse la mamma.

"Che assurdità." Sospirò zia Pearl. "Vorrei che fosse così perché li disprezzo tutti quanti. Ma la cosa triste è che è stata la tua torta di Natale, Ruby."

"Ah… E così adesso è colpa della mia torta?" La mamma si portò la mano al petto. "Com'è possibile? Ne avete mangiata un po' tutti."

Zia Pearl scosse la testa. "No, Ruby. Abbiamo solo fatto finta di mangiarla. Proprio come facciamo per ogni dannato Natale da vent'anni a questa parte."

"Cosa stai dicendo? Che non ti piace la mia torta? Non è possibile… Poi tutti ne mangiate così tanta che riesco a malapena a starvi dietro con le dosi." La mamma si girò verso di me. "Cen, tu adori la mia torta di Natale."

"Ehm, beh... Sto facendo una dieta con pochi carboidrati..."

Si rese conto all'improvviso della verità. "Non ne hai mangiata per niente stasera, vero?"

Distolsi lo sguardo, vergognosa.

La mamma si girò verso Amber. "Immagino che anche tu faccia parte della cospirazione della torta, no?"

Zia Amber alzò le spalle, mostrando le palme verso l'alto in segno di resa. "Devo stare attenta alla linea, Ruby. Essendo una single..."

"Mi dispiace, mamma. Sappiamo che ti dai un sacco da fare e... Non volevamo offendere la tua sensibilità." Sentii una fitta di colpa. Eravamo in ballo, i sentimenti della mamma erano a pezzi, e tutto perché nessuno di noi aveva avuto il coraggio di dirle la verità sulla sua immangiabile torta per così tanti anni. Io non ce la facevo più a mentire.

"Parla per te, signorina." Zia Pearl si diresse pestando i piedi verso l'atrio. "Ho intenzione di risolvere questo caso una volta per tutte."

"Aspetta... Non puoi andartene." Tyler la bloccò in corridoio. "Nessuno va da nessuna parte."

"Sceriffo o no, non mi puoi trattenere qui contro la mia volontà." Zia Pearl fece uno sguardo torvo. "Forse puoi blindare Dominic, ma non puoi fermare una strega. A qualunque costo, toglierò tutti gli impedimenti per scoprire il crimine e rivelare l'assassino. Qualcuno lo deve fare. È evidente che è una cosa al di sopra delle tue possibilità."

Tyler alzò gli occhi al cielo e la sua bocca si piegò in un sottile sorriso.

Cosa che fece infuriare zia Pearl. "Prova a fermarmi."

Tyler non si mosse.

Zia Pearl sembrò confusa. I suoi occhi scattavano avanti e indietro tra Tyler e la porta d'ingresso.

"Sceriffo... Vuoi fermarmi o cosa?" Incrociò le braccia e si mise a gambe larghe.

Io corsi in corridoio, seguita da Mamma e zia Amber. Affrontai mia zia. "Sul serio, zia Pearl, dove vuoi andare con questa tempesta?"

Zia Pearl cammino all'indietro finché non fu contro la porta. Si rannicchiò come un animale in trappola, impotente.

"Non sono affari tuoi," scattò zia Pearl. Il corpo tradiva le parole severe. Per la prima volta era incerta.

E spaventata.

CAPITOLO 20

Successe tutto molto in fretta.

Zia Pearl ci affrontò in posizione da combattimento, con la schiena verso la porta d'ingresso.

"Zia Pearl! Metti giù la pistola!" Le mie braccia scattarono istintivamente. Non avrebbe sparato per uccidere, ma non avrei escluso che potesse spararmi a un piede o anche a un braccio o una gamba se non collaboravo. Poi avrebbe razionalizzato e riparato i danni con la magia.

Non potevo permettermi di rischiare.

"Ehi, quella è la pistola di Tyler! Cosa diavolo…" Zia Amber alzò le braccia mentre si rendeva conto della realtà. "Pearl, ma che cosa pensi di fare?"

Il mio battito accelerò. Perlustrai l'ingresso alla ricerca di Tyler ma non c'era traccia di lui. Meno di un minuto prima era proprio vicino a zia Pearl. E ora c'era solo la sua pistola… Cosa ne aveva fatto del mio fidanzato?

"C'è un assassino in casa nostra e lo sceriffo Gates è così trascurato da lasciare in giro la pistola," disse zia Pearl. "Qualcuno doveva occuparsi della situazione." Fece un cenno con la testa verso il pavimento.

La fondina vuota di Tyler era nel posto in cui lui stesso era poco prima.

Mantenni la voce calma. "E quel qualcuno saresti tu?"

Tyler indossava la fondina con la pistola al suo posto, ne ero sicurissima. Era sempre molto attento con le armi. Se non indossava la pistola, anche per un solo minuto, la chiudeva a chiave. E se ora lui non la stava indossando, questo significava una sola cosa.

Zia Pearl l'aveva ottenuta con la magia.

E Tyler era in pericolo.

Mi arrivò il cuore in gola. Esattamente *dov'era* Tyler?

Zia Pearl stava perdendo ogni freno e dovevo fermarla prima che fosse troppo tardi. Fare una scenata avrebbe solo peggiorato la situazione. Invece, avevo bisogno di una strategia per disarmarla.

I miei occhi incrociarono lo sguardo di zia Amber. Stava pensando la stessa cosa. Si allontanò all'indietro lentamente in modo da non attirare l'attenzione di zia Pearl, poi sgusciò in salotto.

"Metti giù la pistola, Pearl." La mamma era alle mie spalle.

Io non potevo convincere zia Pearl a lasciare l'arma ma forse la mamma poteva riuscirci. La mamma di rado affrontava sua sorella, ma la situazione presente necessitava di azione decisa. La mamma era alle mie spalle, letteralmente. Io sperai solo che le cose non peggiorassero. Una cosa era la rivalità tra sorelle. La rivalità soprannaturale tra sorelle era tutta un'altra faccenda.

Io mi accigliai. "Non è da Tyler togliersi la fondina, tranne quando…" Mi si spense la voce nel momento in cui mi accorsi che tutti gli occhi erano puntati su di me.

"Tranne quando cosa?" Gli angoli della bocca di zia Pearl si girarono in un sogghigno. Teneva salda la pistola. "Vuoi illuminarci?"

"No." Mantenni la voce bassa e calma. "Fa niente. Volevo solo evidenziare quello."

Zia Pearl abbassò la pistola proprio quando tornò zia Amber seguita da Tyler. Lui sembrava stanco e in disordine ma comunque illeso. Era evidente che zia Pearl l'aveva messo fuori combattimento con la magia per potergli rubare la pistola.

"Ehi, quella è la mia pistola." Tyler si lanciò verso zia Pearl e in pochi secondi la disarmò. Rimise a posto la pistola recuperata nella fondina e la indossò. Poi indicò le mie due zie. "Voi due, andate a sedervi in salotto. Amber, assicurati che Pearl non vada da nessuna parte."

Zia Amber afferrò con una mano la spalla ossuta di zia Pearl e la guidò verso la porta.

"Preparati a una denuncia, sceriffo. Questa è persecuzione da parte della polizia." Zia Pearl fece una pausa sulla soglia e imprecò sottovoce.

Tyler la ignorò.

"Forza, Pearl." Zia Amber spinse zia Pearl in salotto.

Zia Pearl si lanciò verso la soglia. "Non puoi darmi ordini, sceriffo. Vado dove mi pare."

"No, non lo farai." Zia Amber guidò zia Pearl al divano con una morsa di ferro. Si sedettero entrambe.

Ero sollevata dal fatto che Tyler stesse bene ma temevo che zia Pearl avesse esagerato stregando Tyler quando già avevamo tra noi un assassino. Stregoneria e armi erano una combinazione mortale. Zia Pearl sapeva molto bene di aver superato il limite. Cosa diavolo le stava succedendo?

"Non andrà da nessuna parte," gridò zia Amber a Tyler nell'ingresso. Si girò verso zia Pearl. "Lo sceriffo non ti ha arrestata, ma questo non vuol dire che non posso farlo io. Sei agli arresti domiciliari per la WICCA, Pearl."

"Arresti tua sorella?" Nonna Vi volteggiava sopra la credenza della sala da pranzo. Guardò con sdegno le due sorelle. "Amber, davvero… è un abuso di potere. Voi due ragazze non potete andare d'accordo per una volta?"

Sorrisi, nonostante la gravità della situazione. Le mie vecchie zie erano sempre giovani agli occhi di Nonna Vi. Il nostro battibecco svegliò Brayden, ma non Dominic e Gail che ronfavano ancora beatamente.

Brayden si strofinò le tempie e corrugò la fronte. Aveva colto stralci della conversazione. "Tyler ti ha dato la sua pistola?"

Zia Pearl annuì. "Non me l'ha data. Gliel'ho rubata."

"Tyler! Vieni qui," sbraitò Brayden.

Tyler comparve sulla soglia. "Sì?"

Brayden si girò per affrontarlo. "È vero quello che dice Pearl? Sei stato imbrogliato da una vecchietta?"

Zia Pearl fulminò Brayden con lo sguardo. "Non sono vecchia."

Tyler cominciò a parlare ma venne interrotto da zia Amber.

"Lascia fuori Tyler," disse zia Amber. "Sai di cosa è capace Pearl, Brayden. A parte quello, rubare una pistola non è la cosa peggiore che sia successa qui. E non da molto tempo."

"Vuoi dire Merlinda? Lo sceriffo avrebbe dovuto evitare anche quello. Merlinda è stata uccisa proprio sotto i suoi occhi." Brayden scosse la testa disgustato.

"Anche tu eri lì. C'eravamo tutti." Evitai di ricordare che Brayden era incosciente in quel momento. Dato che era un incantesimo era rimasto serenamente ignaro di tutto.

"Forse è così, ma non ho fatto niente per contribuire alla tragedia di stasera." Brayden si preoccupava prima di tutto per sé e in secondo luogo di un eventuale fallimento politico. Qualunque cosa e chiunque altro si ponevano al terzo posto a una certa distanza. Per quanto lo riguardava, la tragica morte di Merlinda non era davvero una sua preoccupazione. La morte lo aveva rapidamente curato dalla sua infatuazione.

"Non sono per niente d'accordo. Non sarebbe successo niente di tutto questo senza di te, Brayden," disse zia Pearl. "Tu hai provocato Dominic e poi lui ha ucciso Merlinda per gelosia."

"Che bugia. Ho a malapena notato Merlinda." Gli occhi di Brayden si contrassero, segno del fatto che stava mentendo.

Lanciai un'occhiata al punto in cui Gail e Dominic erano ancora addormentati contro il muro, appoggiati in modo curioso uno sull'altra.

Non c'era ancora segno di Earl. Doveva essersi nascosto quando zia Pearl aveva rubato la pistola di Tyler.

"Smettila di cambiare argomento, Pearl," disse Tyler. "Tieni le mani lontane dalla mia pistola. Abbiamo avuto abbastanza drammi per una serata."

"Beh, la prossima volta non lasciare in giro la pistola," scattò zia Pearl. "Non può essere colpa mia se tu sei disordinato."

"Ma io non… Vabbè, fa niente." Tyler si girò. "Abbiamo cose più importanti da fare che discutere con te, Pearl. Io so di non essermi mai tolto la fondina né la pistola."

La mamma si accigliò. "Continua a dare fastidio a Tyler e ne dovrei rispondere a me, Pearl. Capito?"

"Capito." Zia Pearl sospirò, sconfitta. Per una volta era stata vinta dalle due sorelle.

Nonna Vi galleggiava poco sopra la testa di Tyler. Mi strizzò l'occhio e sussurrò: "uh… Magico."

Io la ignorai. "Parliamo di Merlinda. Eravamo tutti qui intorno al tavolo e abbiamo mangiato più o meno le stesse cose. Nessuno si è alzato, a parte Merlinda. Com'è possibile che sia stata avvelenata? Da qualcosa ad azione lenta? Se fosse così potrebbe averla ingerita ore prima."

La mamma e io ci scambiammo occhiate nervose. Sapevo che a parte la spiegazione di Earl, lei era ancora un po' preoccupata riguardo la farina che aveva usato per la torta di Natale. D'altra parte, la mamma non aveva assolutamente niente da guadagnare dalla scomparsa di Merlinda. E tutto da perdere, con un ospite morto alla nostra locanda. Sarebbe stata rapidamente eliminata come sospetto.

D'altra parte, la mamma era una nota esperta in pozioni con le erbe, alcune delle quali erano veramente velenose. Era anche la cuoca della locanda e aveva preparato tutti i pasti per Merlinda. Avrebbe avuto i mezzi e l'opportunità di avvelenare Merlinda ma non un vero movente. Tuttavia, la polizia avrebbe dovuto indagare anche su di lei in assenza di altre tracce. Dovevamo esplorare tutte le possibilità prima di poterla escludere.

Tornai con la mente alla polvere verde che Dominic aveva dato Merlinda. Potrebbe aver aggiunto qualcosa a quell'integratore. Forse era contaminato con qualche ingrediente nascosto, proprio come la torta della mamma.

Ma magari la polvere di Dominic non era contaminata con qualcosa di innocuo come il burro di arachidi. Essendo il marito di Merlinda, lui certamente aveva il movente.

Mi girai verso Tyler. "E la stanza di Merlinda? Forse là c'è qualcosa che potrebbe averle fatto male."

"Andiamo." Si diresse di sopra, con Mamma e me subito dietro.

CAPITOLO 21

Dieci minuti più tardi Tyler, la mamma e io eravamo sulla soglia della camera di Merlinda. Avevamo ispezionato la stanza, facendo attenzione a non toccare niente. Era una stanza pulita e priva di elementi personali. Unica traccia del passaggio di Merlinda era la borsetta, appoggiata su un letto singolo ben riordinato. A parte alcuni oggetti da toilette e vestiti nei cassetti, non c'erano molti segni del fatto che la camera fosse occupata, niente che facesse pensare al soggiorno di tre mesi di Merlinda.

Tyler e io dovevamo almeno provare a seguire tracce soprannaturali, in modo che la polizia di Shady Creek non iniziasse l'indagine seguendo false piste. Non era esattamente secondo le regole ma era necessario con quattro streghe e un fantasma nell'insieme.

"È piuttosto strano che Merlinda non avesse immagini o biglietti di Dominic." Tyler frugò nella borsetta di Merlinda. Ne estrasse il telefono e osservò lo schermo. Ce lo mostrò. "L'immagine sullo schermo è di un altro uomo. Non di Dominic, il suo neosposo. La maggior parte delle persone conserva immagini della persona a cui tiene quando è lontana da casa."

"Forse teneva nascoste le foto sul suo computer perché non voleva che le si facessero domande." Potevo capire che Merlinda nascondesse le foto del matrimonio segreto, ma non c'era una sola immagine di Dominic da nessuna parte nella stanza. E comunque, l'aveva tenuto segreto anche a noi.

Tyler rovesciò il contenuto della borsa di Merlinda sul letto. Infilò una mano col guanto nel portafogli. Non trovò altro che un rossetto, un po' di soldi e un passaporto di Vanuatu. Nemmeno una foto tascabile del matrimonio. Se era veramente avvenuto.

"Forse non erano così seri come sostiene Dominic. Merlinda potrebbe aver semplicemente giocato sulla storia del matrimonio." Ripensai allo strano comportamento di Merlinda. "Potrebbero aver inventato tutto riguardo il matrimonio?"

Merlinda non sembrava esattamente innamorata di Dominic. Anzi, era sembrata scioccata dal suo arrivo. Se si era trattato di un matrimonio di convenienza, solo Dominic avrebbe potuto dirci quale fosse il vantaggio. A parte che lui non parlava.

Perquisimmo il resto della stanza o, piuttosto, lo fece Tyler mentre io lo registravo col cellulare. Non era saltato fuori niente tranne una tazza da tè vuota con un po' di foglie di tè ancora umide. Poteva essere stata la tisana che aveva fatto zia Pearl durante la giornata. Tyler mise la tazza in una busta di plastica con la mano guantata.

Io non riuscivo proprio a immaginare chi poteva volere Merlinda morta. Di certo non zia Pearl. La sua studentessa modello era la pubblicità vivente della Scuola di Fascinazione di Pearl. In effetti, il poco tempo che Merlinda aveva trascorso a Westwick Corners era girato tutto intorno alla scuola della zia e poi era rimasta per i fatti suoi e il resto del tempo. Non aveva amici sul posto e fino a stasera parlava a malapena. Non aveva nemmeno mai conosciuto Brayden prima di stasera. Mi continuava a tornare in mente Dominic. Doveva essere coinvolto in qualche modo.

"Qual è il veleno ad azione più lenta esistente?" Chiesi.

Tyler alzò le spalle. "Non so. Quello che so è che qualunque cosa normalmente letale agisce rapidamente, diciamo entro qualche minuto. Qualcosa ad azione lenta dovrebbe aver prodotto sintomi per un lungo periodo di tempo. Non sarebbe potuto risultare nella reazione improvvisa che ha avuto Merlinda."

"È giusto," disse la mamma. "Le tinture di erbe funzionano esattamente nello stesso modo."

"Merlinda è stata bene fino all'ora di cena," dissi. "Nessun sintomo né lamento."

Qualcos'altro mi preoccupa. Merlinda era stata invitata all'ultimo minuto alla nostra festa della Vigilia di Natale dato che aveva in mente di tornare a casa per le feste. Era con noi solo perché i suoi progetti per le vacanze erano falliti. Se era un delitto occasionale, chi ci guadagnava?

Nessuno di noi, tranne forse Dominic. In quanto suo marito, probabilmente ereditava. La famiglia di Merlinda era incredibilmente ricca.

Pensandoci meglio, Westwick Corners era un posto perfetto per liberarsi di Merlinda. Pochi sapevano che era qui e quei pochi avrebbero semplicemente pensato che era andata a casa per le vacanze. Solo le persone in questa casa sapevano che aveva perso il suo volo.

Ci dirigemmo in corridoio. Chiusi dietro di me la porta della stanza di Merlinda con molta più forza di quello che usavo di solito. In quel momento fummo colpiti da una folata di vento. Corsi alle scale con Tyler e la mamma dietro di me.

Tyler e io ci scambiammo un'occhiata e poi guardammo giù dalle scale verso la porta d'ingresso. La porta spalancata colpiva il muro a ogni nuova ventata. Il vento scompigliava le carte sul tavolo dell'ingresso e le faceva danzare sulla veranda vuota.

Si preparava una nuova tempesta e io mi sentivo impotente.

CAPITOLO 22

Restai sulla veranda anteriore con la mamma e Tyler. La neve non cadeva più ma faceva ancora terribilmente freddo a causa del vento ghiacciato.

"Guardate qui." Indicai delle impronte che iniziavano della veranda e portavano giù lungo le scale. Erano impronte di donna. Dato che la mamma era al mio fianco, dovevano essere di Gail o di una delle mie zie.

Mancava anche l'Escalade di Dominic.

Zia Pearl.

Corsi in salotto e trovai zia Amber che lottava per liberarsi. Era legata a una sedia con una fila di lampadine dell'albero di Natale.

Nello stesso momento Earl entrava dalla sala da pranzo. "Cosa diavolo…"

Sentii il cuore battere forte mentre perlustravo la stanza. Gail ora era sveglia e sedeva in poltrona. Ma Dominic se n'era andato.

Gail, a differenza di zia Amber, non era legata. Faceva un gioco sul telefono, così presa che non alzò nemmeno lo sguardo. Forse ci stava ignorando di proposito.

"Cos'è successo?" Slegai rapidamente le mani e i piedi di zia Amber mentre Tyler, Earl e la mamma perlustravano la casa cercando tracce di zia Pearl e Dominic.

"Pearl mi ha legata e poi è scappata." Zia Amber fulminò Gail con lo sguardo alzandosi in piedi. "Grazie di nulla, Gail."

Gail alzò le spalle. "Perché avrei dovuto aiutarti? Mi hai messa fuori combattimento di punto in bianco." Tornò a guardare lo schermo del telefono.

"Dov'è andato Dominic?" Chiesi.

Zia Amber alzò le spalle. "Non so. Deve essere con Pearl. Mi ha resa incosciente prima di legarmi, così non ho visto quel che è successo. Quando mi sono ripresa ho visto che non c'era più nemmeno lui."

Mi cascò la mandibola. "Lei lo ha rapito?"

"È andata così, oppure lui ha rapito lei. Forse sono in combutta." Zia Amber sospirò. "Io non ci capisco più niente. Pearl si comporta in modo così strano."

Anche a me era sembrato strano che zia Pearl avesse usato una fila di luci dell'albero invece di una magia per legare zia Amber. Da una parte, probabilmente era più efficace per legare zia Amber, piuttosto che un incantesimo che probabilmente sarebbe riuscita ad annullare. D'altra parte, zia Pearl sosteneva che avrebbe potuto superare chiunque con gli incantesimi, compresa zia Amber. L'utilizzo di un mezzo fisico sembrava un po' fuori dal personaggio.

Zia Amber mi seguì mentre tornavo della veranda.

"Pearl sa che è stata la sua tisana," disse. "Hai visto anche tu che si è sentita male dopo averla bevuta. Colpevole senza ombra di dubbio."

"È stato un semplice errore." Non potevo credere che zia Pearl avesse progettato di uccidere Merlinda, con un incidente o in altro modo. Tornai con la mente alla tisana di cardo mariano, o meglio, di vischio. Aveva nascosto la maggior parte dei sintomi ma la tisana di certo aveva fatto male anche a lei. "Se è stato un errore, perché semplicemente non l'ha ammesso?"

"Non lo ammetterà mai, Cen." Sospirò zia Amber. "Piuttosto preferisce sfuggire alla giustizia."

La mamma confermò i nostri peggiori timori quando tornò senza fiato alla veranda. "Se n'è andata. Abbiamo guardato di sopra, di sotto, dappertutto. Dobbiamo trovarla."

Zia Pearl aveva tagliato la corda. Aveva ostacolato l'indagine, puntato una pistola verso di noi e ora era a piede libero.

Non era una mossa intelligente. La sua trascuratezza non avrebbe attirato nuovi studenti quando il segreto fosse diventato di dominio pubblico. Cosa che sarebbe sicuramente successa dato che ora era scomparsa.

Invece, il suo comportamento criminoso faceva pensare che avesse intenzionalmente avvelenato la sua studentessa.

Brayden si unì a noi. "Ho guardato nel seminterrato ma non c'è traccia di Pearl. Potrebbe essere dovunque. Il fatto che sia scappata la fa sembrare colpevole."

Brayden aveva ragione su quello, ma io ero più preoccupata per la sopravvivenza di zia Pearl. Era ancora debole per la tisana avvelenata e praticamente non aveva grasso corporeo, non sarebbe sopravvissuta al freddo dell'esterno.

La cosa che davvero mi preoccupava era il modo in cui zia Pearl aveva legato zia Amber. Era un segno che le sue capacità soprannaturali erano diminuite per effetto della tisana? Se si era ridotta a usare mezzi umani per legare zia Amber, allora la stregoneria poteva essere compromessa o addirittura non funzionare per niente. O ancora peggio, forse il veleno aveva fatto impazzire gli incantesimi con risultati imperscrutabili se non addirittura mortali.

Mi girai verso la mamma. "Non penso che zia Pearl sia in piena forma, se capisci cosa intendo."

La mamma era angosciata. "Purtroppo lo temo anch'io. Non mi sembra che stia pensando lucidamente. Chi berrebbe il proprio veleno solo per dimostrare una teoria?"

Zia Amber sospirò. "Pearl, suppongo. Deve avere sempre ragione qualunque siano le conseguenze. Anche se queste la portano alla rovina." Rabbrividì e si tirò lo scialle più stretto intorno alle spalle.

Tyler e Earl uscirono sulla veranda. Tyler parlava al cellulare, fornendo dettagli della fuga di zia Pearl alla polizia di Shady Creek. Rimise in tasca il cellulare. "Ho già avvisato la polizia di Shady Creek, anche se non credo che servirà a molto. Le strade sono ancora chiuse, non può andare da nessuna parte."

Earl scosse lentamente la testa. "Dubito che abbia preso l'Escalade. Sapete quanto Pearl odia guidare."

Dovetti concordare con Earl. A parte le strade in cui non si poteva passare, guidare non era il mezzo preferito da zia Pearl. E questo era esattamente quello che mi preoccupava. Il teletrasporto con l'impedimento della tisana poteva aver avuto risultati imprevedibili. Il pensiero che si fosse trasportata nell'aria e ben decisa alla vendetta era preoccupante, come minimo. Zia Pearl poteva essere dovunque.

Incrociai lo sguardo di Tyler, il suo volto scuro di preoccupazione. Le sue capacità come sceriffo, per quanto buone, non servivano a molto con una strega disperata in fuga.

"In qualche modo la troveremo," lo rassicurai. Essendo una strega, zia Pearl disponeva di modi molto diversi per spostarsi. Questo significava che era improbabile che morisse di freddo ma certamente poteva incorrere in una serie di pericoli.

"Il fatto che sia scappata complica davvero le cose," disse la mamma. "Non ho mai pensato che Pearl sarebbe sfuggita alla giustizia."

"Nemmeno io," concordò zia Amber. "Cosa possiamo fare?"

Tyler diede una pacca sulla spalla di Mamma per rassicurarla ma la sua espressione restava dubbiosa. "Dubito che Pearl abbia pianificato tutto, quindi probabilmente non andrà lontano. La troveremo. La polizia di Shady Creek ha emesso un bollettino per la sua ricerca."

"Potrebbe avere un complice che l'aspetta da qualche parte." Il tentativo di Brayden di rendersi utile fu inefficace. Cercava di aiutare nel suo modo personalissimo, ma il suo suggerimento poteva solo irritarci di più. Era già convinto della sua colpevolezza.

Earl assunse un'espressione sconfortata quando si rese conto della verità. Pearl aveva lasciato indietro anche lui. "Io dovevo essere suo complice nel crimine ma niente ha funzionato come previsto."

"Cosa?" Tyler si accigliò. "Cosa intendi con complice nel crimine?"

"Pensi che io volessi indossare quello stupido costume da Babbo Natale?" Scosse la testa. "No. Pearl mi ha costretto. Mi ha detto che tutti quanti si sarebbero vestiti per una festa in costume. Ma io ero l'unico. Mi ha ingannato."

La mamma annuì. "È brava a convincere le persone a fare cose che altrimenti non vorrebbero mai fare. Anche se devo dire, Earl, che ti stava proprio bene."

Earl sospirò. "È stato qualcosa che ho detto? Un minuto era qui. E quello dopo… Sparita."

La mamma gli diede un colpetto sul braccio. "Non è colpa tua, Earl. Fa cose come questa tutto il tempo. Ti ci abituerai."

Anche se Earl aveva fatto il contadino nei pressi di Westwick Corners per tutta la vita, solo di recente aveva sviluppato un'amicizia con zia Pearl. Quell'amicizia si era rapidamente trasformata in una storia romantica. Formavano una strana coppia. Zia Pearl era stizzosa e drammatica mentre Earl era calmo, romantico e accomodante. Forse era il caso in cui gli opposti si attraggono.

"Se ne è andata davvero." Brayden Indicò le piccole impronte nella neve che terminavano sul vialetto.

Le tracce non finivano dove era stato parcheggiato l'Escalade di Dominic. Continuavano dall'altra parte del vialetto. Forse le impronte e il SUV sparito erano fatti di proposito, una tattica diversiva. Anche se la tisana avvelenata probabilmente aveva creato scompiglio con i suoi poteri, non potevamo esserne sicuri.

Se zia Pearl fosse stata nel pieno possesso delle sue facoltà sarebbe potuta andare dovunque. Avrebbe potuto spostarsi tramite portali, con poco sforzo e un po' di magia. Non pensavo che fosse così lontano, comunque. In effetti non mi sarei stupita se in quel momento fosse stata da qualche parte a guardarci.

Perlustrai il giardino e il parcheggio cercando qualche traccia ma non trovai niente.

Gail, finito di giocare con il telefono, ci raggiunse sulla veranda. Mise un braccio attorno alla vita di Brayden e lo guidò poco lontano, a distanza di sicurezza da zia Amber.

"Pearl sa che chiunque può commettere errori," disse la mamma.

"Scappando è riuscita solo a incriminare sé stessa. Vorrei poterla fare ragionare." Aveva parlato più ad alta voce del solito. Come me, probabilmente pensava che zia Pearl fosse nascosta nelle vicinanze.

Brayden sbuffò a quel pensiero. Indicò con il pollice nella direzione di Tyler. "Ormai è troppo tardi. Come potrebbe lasciarla andare via, semplicemente?"

"Anche tu avresti potuto fermarla," evidenziai. "Tu hai visto che se ne andava."

Brayden alzò le spalle. "Non è il mio lavoro. Non sono lo sceriffo."

"Ma che diamine, Brayden. Prenditi delle responsabilità una volta tanto." Disse zia Amber. "Ci siamo dentro tutti insieme."

"No, non è così e non criticarmi, Amber. Vorrei che Gail e io non fossimo mai venuti qui. Tu e la tua famiglia di pazzi..." Brayden gettò in alto le mani poi le appoggiò saldamente sulla schiena di Gail. La guidò verso la porta. "Forza, Gail. Andiamo dentro."

L'indifferenza di Brayden era la goccia finale. Il suo egocentrismo era al massimo, anche dopo la morte di Merlinda. Non sembrava gli importasse che Pearl era sparita e magari stava morendo di freddo. Non aveva compassione per nessuno se non per sé stesso. Disprezzava Tyler, criticava zia Pearl e sollevava a malapena un dito per aiutare qualcuno. E dire che stavo per sposarlo. Anche se ero contenta di aver evitato quella sventura, ero comunque furiosa per il suo egoismo.

Brayden si fermò sulla soglia. Lasciò andare Gail e le fece segno di entrare davanti a lui.

Io lottai per trattenere la rabbia ma ero così furiosa che prima di rendermene conto stavo bisbigliando l'incantesimo di trasporto. Volevo solo che Brayden e il suo egocentrismo sparissero.

In un posto lontanissimo, come Vanuatu. Gli sarebbe stato bene. Me lo immaginai a correre freneticamente su e giù lungo la spiaggia in stato confusionale, gridando in cerca di aiuto.

Conoscevo a memoria l'incantesimo... L'avevo provato per ore senza successo. Recitarlo era abbastanza innocuo perché non ero realmente capace di farlo funzionare. Spesso lo pronunciavano come una forma di imprecazione stregonesca. Indirizzai la mia rabbia in un incantesimo quasi sovrappensiero.

Sparisci e vattene
non dilungarti, mettiti in strada
su, su e te ne vai
da qui a un posto che conosco io

ZIA AMBER TRATTENNE IL FIATO. "Cendrine, cosa diavolo stai facendo?"

"Ehi, ma cosa…" La voce di Gail si fece debole poi restò in silenzio. Muoveva le labbra ma non ne usciva alcun suono.

Avevo un po' sbagliato i tempi, perché nel momento in cui avevo lanciato l'incantesimo Brayden stava ancora toccando il braccio di Gail. La coppia si dileguò in forme trasparenti davanti a noi.

Poi… *Puff!*

Erano spariti.

Proprio così.

"Oh no! Non mi è mai riuscito prima…" Rimasi come in trance a fissare la soglia vuota dove pochi secondi prima c'erano Brayden e Gail.

Avevo provato l'incantesimo centinaia di volte senza successo. Ora, che l'avevo pronunciato nemmeno molto seriamente, aveva funzionato senza intoppi. Non solo aveva funzionato, avevo trasportato due persone in una volta. Ero scioccata.

Earl fece un salto all'indietro, in modo incredibilmente agile per un settantenne. "Avete visto? Brayden e Gail sono spariti! Dove diavolo sono finiti?"

"Cendrine portali indietro!" Pregò la mamma, ma era troppo tardi.

"Io… Io non sono capace! Non so nemmeno che cos'ho fatto. Non ha mai funzionato prima, quindi devo aver fatto qualcosa di diverso questa volta. Solo che non so che cosa."

Ero ancora così completamente concentrata sull'incantesimo, così stupita per il fatto che avesse davvero funzionato che lo ripetei cercando di capire che cosa avevo sbagliato.

Puff! Puff!

Lo stesso suono di qualche momento prima, ma nessun segno della coppia.

Non riuscivo a capire cosa avevo fatto, e ora come avrei potuto riportarli indietro?

CAPITOLO 23

Earl si strofinò gli occhi e scosse la testa. "Cosa diavolo c'era nel tuo zabaione, Amber? All'improvviso non mi sento più così bene. Te ne sei accorta anche tu, vero?" Osservò i nostri volti per trovare una risposta.

Restammo tutti in silenzio. Peccato che non fossimo in grado di dargliene una.

Earl sospirò. "Bene. Adesso anche gli occhi mi stanno tradendo."

Mi preoccupò il fatto che sospettavamo tre diversi veleni e ognuno di questi indicava un membro della mia famiglia. In effetti, ero l'unica strega non collegata a un cibo o una bevanda sospetti.

La tisana avvelenata di zia Pearl, lo zabaione truccato di zia Amber e la torta di Natale inzuppata di veleno di Mamma suscitavano più domande che risposte. E le risposte cominciavano con zia Pearl, che ora era scomparsa. Temevo dove avrebbero potuto portarci queste risposte, ma dovevamo sapere la verità.

C'eravamo spostati in salotto in modo da non congelare mentre cercavamo di capire come ritrovare Brayden e Gail.

Earl si strofinava la fronte. "Non avete visto quello che ho visto io? Ho avuto le allucinazioni più strampalate. Brayden e Gail sono spariti nel nulla, semplicemente." Fece schioccare le dita per dare più effetto.

139

Strano come la gente normale interpretava la stregoneria quando non c'era altra spiegazione logica.

"Che strano." La voce della mamma era priva di modulazione e gli angoli della bocca si sollevarono in un sorriso involontario.

La mamma in segreto era orgogliosa di me, anche se cercava di non mostrarlo. Anch'io ero compiaciuta. Avevo eseguito con successo un incantesimo avanzato, da sola, senza alcun aiuto. Ma comunque non era il momento di vantarsi. Ero concentrata a cercare di riportare indietro Brayden e Gail.

"Eh, no." Mi mancavano le parole e, evidentemente, anche agli altri.

"Dove sono andati?" Earl perlustrava il salotto. "Non me lo sono solo immaginato, vero?"

"Merlinda muore, Pearl sparisce e ora scompaiono anche Brayden e Gail." La voce di Earl si spezzò. "Gesù, sarò il prossimo?"

La mamma scosse la testa. "Certo che no, Earl. Starai bene. Ma comunque resta dentro casa, ok?"

Infilai il braccio in quello di Earl e lo guidai al sofà. "La mamma ha ragione, Earl. Perché non cerchi di rilassarti un po'?"

Earl corrugò la fronte e si sedette. "Sono preoccupato per Pearl, Cen. Sai che le vengono queste idee folli. E se se ne fosse andata e avesse fatto qualcosa di pericoloso?" Il suo affetto per la bisbetica zia Pearl era commovente. Lo rendeva praticamente un santo.

"Sono sicura che salterà fuori, Earl. Non ti preoccupare." Disse la mamma con voce delicata. "Sarà tornata prima che tu te ne accorga."

Earl si strofinò la fronte con il dorso della mano. "Niente più alcol quest'anno. Ha delle conseguenze terribili sulla mia testa."

Era positivo che Earl pensasse di vedere cose invece che pensare alla magia. Avrebbe messo in dubbio quella dichiarazione se non fossi riuscita a portare indietro rapidamente Brayden e Gail. Sarebbe stato logico che tra Mamma, zia Amber e me avremmo trovato il modo di annullare il mio incantesimo. Ma evidentemente tre streghe non sono più potenti di una.

Quella strega ero io.

Quello di cui avevamo assolutamente bisogno era un contro-incantesimo o un incantesimo di rewind. Il problema era che questo incantesimo non poteva essere sciolto da un'altra strega: il meccanismo di autoprotezione era fatto in modo che una strega non potesse interferire con gli incantesimi di un'altra, né di proposito né per altro motivo.

L'unico problema era che io non avevo idea di come sistemare le cose. Anche se avevo praticato l'incantesimo diverse volte, non lo avevo mai veramente padroneggiato. Neanche un po'. Le minime variazioni dell'incantesimo originale implicavano anche modifiche al contro-incantesimo. Zia Pearl non mi aveva nemmeno mai mostrato un contro-incantesimo.

Zia Pearl.

Dovevamo trovarla e rapidamente. E se in qualche modo fosse rimasta presa nell'incantesimo? Se fosse stata nelle vicinanze e io non l'avessi notata… no, non poteva essere. C'erano altri molto più vicini a Brayden e Gail ed erano ancora qui. Non avevo idea di dove cominciare a cercarli.

Zia Amber camminava avanti e indietro in salotto. "Dimmi esattamente che cosa hai fatto, Cen. Ogni singolo dettaglio. Forse, solo forse, posso aiutarti a riportare indietro le cose. Ne dubito, ma vale la pena tentare."

La sua mancanza di sicurezza mi preoccupava. Un'altra strega non poteva annullare quel particolare incantesimo, nessuno avrebbe potuto insegnarmi. Dato che avevo lanciato io l'incantesimo dovevo portarli indietro io. Per farlo avrei dovuto padroneggiare il contro-incantesimo, ma come potevo farlo in quel momento? Dovevo imparare in pochi minuti quello che normalmente richiedeva mesi di pratica.

"Non ho idea di quello che è successo," dissi. "Tutto quello che ho fatto è stato recitare le parole che zia Pearl mi ha insegnato. Non ci stavo nemmeno provando sul serio e quindi non mi sarei mai aspettata che funzionasse." Il motivo per cui l'incantesimo questa volta aveva funzionato poteva dipendere da qualunque cosa. Lo strizzare di un occhio, un leggero movimento della mano o anche il modo in cui avevo pronunciato le parole. Tutto quello che mi ricordavo era che avevo appoggiato il peso più sul piede destro che sul sinistro. Ma non poteva essere solo quello. Non riuscivo a pensare a cosa avevo fatto a differenza dei tentativi precedenti che non avevano funzionato.

Mi avvicinai all'albero di Natale e fissai il globo di neve tropicale di Merlinda. Socchiusi gli occhi e fissai all'interno in una vana speranza. Brayden e Gail non si vedevano da nessuna parte. Nemmeno zia Pearl era lì. Il paradiso tropicale era lo stesso di prima: una spiaggia di sabbia bianca punteggiata di palme costeggiava l'oceano. Era strano perché quella spiaggia era dove avevo pensato di aver mandato Brayden e, per errore, Gail. Ma loro non c'erano. Dov'erano andati?

"Hai fatto del tuo meglio e questo è l'importante, cara." La mamma riusciva a essere incoraggiante anche nei momenti peggiori. "Devi semplicemente visualizzare il momento in cui sono spariti e concentrarti sui loro volti. Puoi farlo."

"Non li hai fatti sparire davvero." Earl sedeva in un angolo lontano sul divano, con le braccia incrociate. Per la prima volta notai che i suoi capelli erano in disordine e sembrava che fosse sopravvissuto allo scoppio di una bomba. Era semplicemente terrorizzato. "Deve esserci una vena di follia in famiglia. Pearl ha fatto alcune stronzate incredibili... ma questa..."

"Non ti preoccupare, Earl," disse zia Amber. "Cen sa quello che fa."

Zia Amber si avvicinò a me e mi disse: "è meglio che tu sappia cosa stai facendo."

A dire il vero, non lo sapevo e mi sentivo malissimo per aver spaventato Earl. Non sapevo come confortarlo ma il fatto di essere vicino a zia Pearl avrebbe dovuto prepararlo a qualunque cosa. Tornai a concentrarmi sull'emergenza del momento. "Ho fatto un bel casino, vero? Come faremo a trovarli?"

"Dobbiamo solo capire che cosa è andato storto nel tuo incantesimo, Cen," disse la mamma. "Dove volevi mandarli?"

"Nel globo di Merlinda. Doveva essere una cosa temporanea." Mentre fissavo il globo, sentivo questa strana forza che mi respingeva. Era l'opposto dell'attrazione di un magnete. In effetti, assomigliava più alla forza contraria nel campo di due magneti che si cerca di spingere vicini. Il globo aveva una forza di opposizione. Ogni volta che mi ci avvicinavo, quella strana forza mi respingeva.

All'improvviso mi resi conto che non c'era niente che non andasse con il mio incantesimo. Aveva funzionato bene, ma era stato contrastato da una forza molto più potente. Quella di Merlinda. Mi venne il sospetto di non essere la prima a fallire.

Zia Pearl non aveva avuto intenzione di mandarmi all'esterno in una tempesta a morire congelata. Aveva in mente qualcosa di completamente diverso, solo che il suo incantesimo si era scontrato con una forza di opposizione più forte, proprio come il mio.

Zia Pearl aveva voluto mandarmi nel globo di neve di Vanuatu creato da Merlinda quando qualcosa o qualcuno si era interposto. Era ovvio. Come qualunque strega esperta, Merlinda aveva creato uno scudo protettivo intorno al suo globo di neve tropicale, per impedire l'ingresso non autorizzato.

Lo scudo protettivo di Merlinda non solo evitava che chiunque potesse accedere al globo di neve di Vanuatu. Era anche così forte che respingeva quelli che si avvicinavano e li mandava in una direzione opposta. Non ero mai stata così vicina al globo da notare questa forza prima di quel momento.

Quello che era mancato a Merlinda nei suoi anni di esperienza magica era più che compensato dalla forza pura del suo potere. In effetti, la sua magia era non solo sufficientemente forte da contrastare gli incantesimi di zia Pearl ma era riuscita anche a spedirmi in una direzione completamente diversa.

Ero finita nel posto sbagliato quando ero atterrata all'esterno al gelo. La stessa cosa doveva essere successa a Brayden e Gail. Zia Pearl non aveva ammesso di aver sbagliato direzione perché era troppo imbarazzata al dover ammettere che il suo incantesimo le era sfuggito di mano.

Solo che il suo incantesimo non era affatto sbagliato. Era stato contrastato dal potere di Merlinda.

Corsi alla finestra del salotto e perlustrai il cortile e il vialetto cercando qualche segno della coppia. Dovevano essere all'esterno, in qualche posto nelle vicinanze.

Concentrai lo sguardo nella direzione generale in cui mi aveva spedita zia Pearl qualche tempo prima.

Il lampo di un movimento mi colpì lo sguardo ma sparì rapidamente prima che potessi metterlo fuoco. Poi più niente. Il battito del mio cuore accelerò. "Qualcuno si sta nascondendo tra le decorazioni del prato."

"Speriamo che sia Pearl. Andrò a controllare." Earl saltò in piedi dal divano e corse fuori.

Tornò dopo qualche minuto, stringendo una tremante zia Pearl per il braccio. "Guardate chi ho trovato. Dopo tutto non era lontano."

"Ti avevo detto di non dirlo a nessuno." Zia Pearl scosse il braccio per liberarsi dalla presa di Pearl ma sembrava segretamente compiaciuta che lui la fosse andata a salvare. Si formò una pozza d'acqua ai suoi piedi per le gocce che cadevano dai pantaloni di velluto verde fradici. "Proprio come prima, devi andare e scompigliare tutto."

La mamma boccheggiò. "Pearl! Non parlare a Earl in questo modo. Ti ha appena evitato di morire congelata."

Earl fece un gesto di noncuranza con il braccio. "Incolpami di quello che vuoi, Pearl. Sei stata tu, prima, a chiedermi di preparare la slitta di Babbo Natale. Non è colpa mia."

"Aspetta… Cos'è successo prima?" Mi girai verso zia Pearl. "Intendi dire quando il tuo incantesimo è stato superato da Merlinda?"

"Assolutamente no!" Zia Pearl si sedette sul bordo del divano e si sporse in avanti per arrotolare le gambe dei pantaloni. "Non è successo niente al mio incantesimo. Earl non avrebbe dovuto essere vicino alla slitta. È per questo che si è incasinato tutto."

Mi resi conto di tutto mentre mi giravo verso Earl. "Eri tu il Babbo Natale della slitta all'esterno!"

Earl alzò le spalle. "Stavo solo facendo quello che Pearl mi aveva chiesto. Volevo aggiungere alcuni tocchi finali."

"Ieri, Earl. Avresti dovuto aver finito con le decorazioni in giardino, ieri." Zia Pearl doveva avere sempre l'ultima parola.

Spettatori innocenti che erano troppo vicini all'azione avevano alterato entrambi i nostri incantesimi. Nel mio caso, l'incantesimo di trasporto di zia Pearl doveva mandarmi nel globo di neve tropicale di

Merlinda. Invece, ero atterrata all'esterno, sul prato, dove Earl stava ancora lavorando alla slitta di Babbo Natale. Immaginai che zia Pearl avesse pensato a Earl quando aveva lanciato l'incantesimo.

Ma, nel mio caso cos'era successo? Non riuscivo a ricordare di aver pensato ad altro se non al desiderio di spedire Brayden a Vanuatu e Gail era semplicemente un danno collaterale perché era troppo vicino al lui.

Il globo di Merlinda aveva integrata una protezione con un reindirizzamento. Era fatto in modo che nessuno ci potesse entrare. Ma semplicemente non respingeva gli intrusi. Era un incantesimo pensato in modo che gli eventuali intrusi fossero spediti da tutt'altra parte.

Ma se quello era il caso, dov'erano finiti Gail e Brayden? Non erano all'esterno, come era successo a zia Pearl e me.

Qualcuno stava mentendo e non dubitavo di chi fosse. Ma ora non era il momento di stupide discussioni. Dovevamo trovare quei due prima che fosse troppo tardi.

CAPITOLO 24

"*M*i vuoi mettere in prigione, sceriffo?" Zia Pearl era in atteggiamento di sfida di fronte a Tyler, con le braccia incrociate.

"No," ridacchiò Tyler. "Niente di cui preoccuparsi. Sei tremenda come artista della fuga."

"Aiutami a trovare Brayden e Gail, zia Pearl," pregai. "Dimmi cosa fare."

"Non so, Cen. Cosa ci guadagno?" Zia Pearl picchiò il piede mentre aspettava una risposta.

Non abboccai.

Ero stanca di girare a vuoto parlando con zia Pearl e non arrivare mai a nulla. Con o senza il suo aiuto, avrei riportato Brayden e Gail. Corsi al tavolo dell'ingresso e feci segno a Mamma e zia Amber di seguirmi. Non c'era tempo da perdere.

"Pronta, Cen?" Zia Amber mi passò un ritaglio di carta. "L'ho scritto per te. Tutto quello che devi fare è visualizzarli mentre pronunci queste parole."

Strizzai gli occhi e recitai il contro-incantesimo, immaginando Brayden e Gail sulla soglia come erano prima. La concentrazione richiesta si aggiunse agli effetti collaterali dell'aver bevuto troppo, procurandomi un'atroce mal di testa. Se fossi riuscita a farlo funzionare, promisi a me stessa che non avrei mai lanciato un altro incantesimo. Erano troppo difficili da annullare e procuravano solo guai. Semplicemente non ero tagliata per fare la strega.

Zia Pearl imprecò sottovoce. "Puoi richiamare i segugi, sceriffo. Rallegrati che ho deciso di collaborare così non ti licenzieranno."

Tyler alzò le spalle. Parlò sottovoce al cellulare e poi lo rimise nella tasca della camicia. Perlustrò il prato con gli occhi, indicando eccitato un punto vicino alla slitta di Babbo Natale. "Ehi, quello cos'è? Si muove qualcosa."

"Brayden e Gail!" La mamma batté le mani. "Cen, ce l'hai fatta! Li hai riportati."

Seguii lo sguardo di Tyler verso la slitta di Babbo Natale. Di sicuro, lì c'erano Brayden e Gail. Erano circondati da un globo di vetro gigante che comprendeva anche la slitta. Non riuscivo a credere a quanto fosse grande il globo. Ma non c'era tempo da perdere.

Gail si era accucciata vicino alla slitta mentre Brayden colpiva il vetro a qualche metro di distanza.

"Beh, almeno sono di nuovo in giardino. Devo ancora farli uscire dal globo." Sospirai.

Loro agitavano le braccia e cercavano di afferrare la barriera di vetro pronunciando con la bocca parole che non potevamo sentire. Proprio come me poco prima, erano intrappolati all'interno di un globo di vetro magico che avvolgeva le decorazioni del prato. Così vicini, ma comunque così lontani.

Il lato positivo era che con il ritorno del globo di neve potevamo vederli. E questo portava significative maggiori possibilità di riuscire a liberarli dalla prigione di vetro.

Mi resi conto che zia Pearl non era mai stata intrappolata nel mio globo di vetro. Se fosse stato così, Earl non avrebbe potuto salvarla. Il globo di vetro che imprigionava Brayden e Gail era rimasto intatto e con un incantesimo si poteva fare un solo globo.

Perché zia Pearl aveva fatto finta di essere intrappolata nel mio incantesimo? Non ne avevo idea. Quello che sapevo era che il mio incantesimo dopo tutto non aveva salvato zia Pearl. E anche che i miei poteri erano sufficienti solo per riportare il globo in vista. Non riuscivo a estrarre Brayden e Gail.

Mi sentivo impotente. Se non ero riuscita a salvare zia Pearl, come diavolo avrei potuto salvare Brayden e Gail?

CAPITOLO 25

Eravamo in soggiorno vicino all'albero di Natale. Il globo di neve di Merlinda sembrava farsi beffe di noi dal suo trespolo sul ramo. Emanava ancora una luce eterea ma l'alone magico era sparito. Ora sembrava semplicemente inquietante e triste.

Lo sguardo di comprensione della mamma incrociò il mio. Zia Pearl e zia Amber ignorarono il globo, apparentemente inconsce dello splendore che svaniva.

Resistetti alla tentazione di avvicinarmi. Non desideravo sapere cosa stava succedendo a Vanuatu. Ora che Merlinda non c'era più, non aveva molta importanza.

Chiesi nel modo più gentile che potevo: "zia Pearl, per favore aiutami a ricostruire il contro-incantesimo corretto."

"Non imparerai mai se non ti applichi personalmente, Cen," disse. "Non ti aspettare che io faccia qualcosa per te."

Ero davvero stanca del modo duro in cui zia Pearl dimostrava il suo amore. "Ma pensa a Brayden e Gail. Non possiamo lasciarli intrappolati all'aperto nel globo. Moriranno assiderati."

Zia Amber scosse la testa. "No, staranno bene nel globo. Possono aspettare ancora qualche minuto. Pearl ha qualcosa da dire, non è vero, Pearl?" Guardò ansiosa verso la sorella.

"No." Zia Pearl incrociò le braccia e fissò il soffitto picchiettando il piede. "Non so di cosa stai parlando."

"Sì, lo sai e dirai a Tyler... voglio dire, allo sceriffo Gates, tutto quello che stavi combinando con Merlinda." Un singhiozzo interruppe l'espressione severa di zia Amber. Era un effetto collaterale dello zabaione pieno di alcol. Aveva ricominciato a bere quando erano riapparsi Brayden e Gail.

Zia Pearl fece un segno con la mano attraverso la bocca. "Le mie labbra sono sigillate. Voglio un consulto con un avvocato prima di incriminarmi."

"A-ha! Ammetti che c'era qualcosa che non andava con la tua tisana dopo tutto." Come un cane con l'osso, zia Amber non mollava mai.

"Non essere ridicola." Zia Pearl fece un attimo di pausa. "Va bene, forse ci ho aggiunto qualcosa, ma niente di mortale."

Io boccheggiai. "Hai avvelenato Merlinda di proposito!"

"Gesù, Cen. Detto così sembra tremendo. Tutto quello che ho fatto, se ho fatto qualcosa, è stato di aiutare Merlinda a uscire da un pasticcio."

"Allora raccontaci cos'hai fatto," Chiese Tyler. "Se non hai fatto niente di male, non hai nulla di cui preoccuparti."

Zia Pearl scosse la testa. "Proprio no. Non mi fido per niente di te, sceriffo. Comunque, tutto quello che è successo tra Merlinda e me non sono affari tuoi."

"Ma Merlinda è morta," dissi. "Ci devi una spiegazione, zia Pearl. Io ho anche bisogno del tuo aiuto per tirar fuori Brayden e Gail dal globo prima che perdiamo anche loro. Prima che sia troppo tardi."

"Ogni cosa a suo tempo," zia Amber si rivolse a Tyler. "Se Pearl non te lo vuole dire, lo farò io. A me ha raccontato tutto."

Zia Pearl fulminò la sorella con lo sguardo, senza parole. "Sicuro come l'oro non ho intenzione di stare qui ad ascoltare le storie che inventi, Amber. Soprattutto non quando sei ubriaca fradicia."

"Non pensare nemmeno di andartene, Pearl," disse Tyler. "Dobbiamo parlare."

"Farò quello che mi pare. Non puoi trattenermi." Zia Pearl si girò per andarsene.

"Lui forse no, ma io sì." La mamma fece schioccare le dita e mormorò qualcosa sottovoce.

Zia Pearl sbadigliò e si avviò lentamente verso il divano, sedendosi. Dopo qualche secondo era profondamente addormentata e russava.

Nonna Vi le galleggiò intorno. "Ben fatto, Ruby. Non l'ho mai vista così serena."

Io scossi la testa. "Aspetta… Cosa facciamo con Brayden e Gail? Io ho bisogno comunque dell'aiuto di zia Pearl per liberarli dal globo di neve."

Tyler si acciglió. Non poteva vedere né sentire la mia nonna fantasma.

"Oh, rilassati, Cen," disse Nonna Vi. "Non hai bisogno di Pearl. Sarò anche un fantasma ma sono comunque la strega migliore dei paraggi. Chi pensi che abbia insegnato tutto a Pearl?"

"Allora mi aiuterai?" Non mi importava più che Tyler o Earl mi sentissero. Che pensassero pure che ero pazza e parlavo da sola. Ne valeva la pena, per riportare Brayden e Gail prima che fosse troppo tardi.

Non avevo mai visto Nonna Vi fare molte magie, né da viva né da morta. Aveva smesso prima che io nascessi. Faceva sempre fare tutto alle sue figlie, soprattutto a Pearl. Nonna Vi spesso faceva promesse che non poteva mantenere. Sperai che questa non fosse una di quelle.

"Ci sto pensando," disse Nonna Vi. "Cosa ci guadagno?"

Questa volta decisi di non rispondere per evitare di allarmare ulteriormente Tyler. Invece, mi girai verso zia Amber. "Va bene, vuota il sacco e dicci che cosa stava combinando zia Pearl con Merlinda."

Zia Amber parlò per quindici minuti filati. Quando ebbe finito, eravamo tutti troppo sciocati per parlare. Era l'ultima persona da cui mi sarei aspettata una confessione strappalacrime.

Mi sentii tradita. Zia Pearl aveva in mente progetti grandiosi per una Scuola di Fascinazione di Pearl globale in franchising, con

Merlinda come socia. Non era qualcosa che io avrei desiderato ma mi ferì il fatto che non me l'avesse nemmeno chiesto.

"Tu sapevi tutto dei progetti di Pearl e Merlinda e non hai detto una parola per tutto questo tempo?" Tyler si accigliò mentre prendeva appunti sul suo taccuino. Si sporse in avanti e aspettò la risposta di zia Amber.

"A questo punto devi leggermi i miei diritti?" Zia Amber guardava alternativamente me e Tyler, timorosa di quello che poteva capitarle. "Sono in arresto?"

Tyler sospirò. "No, a meno che tu non abbia commesso un crimine. Lo hai fatto?"

"Certo che no! Come puoi dire una cosa simile?" Zia Amber incrociò le braccia e cercò di trattenere la rabbia. "Ho pregato Pearl di dirti tutto. Quando non l'ha fatto, mi ha lasciato un po' nei guai. Dovevo tradire mia sorella? O fare la spia e poi essere accusata io stessa di omicidio?"

"Nessuno ti ha accusato di omicidio. Ma potresti essere associata a un crimine." Avevo la sensazione che zia Pearl non fosse completamente sincera. Guardai verso zia Pearl che russava serenamente sul divano.

"Intendi dire aiutando e favorendo Pearl?" Zia Amber scosse la testa. "Non avevo niente a che fare con il suo piano, almeno non direttamente. Non vedo perché dovrei incriminarmi solo perché Pearl non vuole collaborare."

Mi sentii arrossire. "Non ti succederà niente se dici la verità, zia Amber. Abbiamo bisogno di capire cosa sta succedendo. Dì semplicemente a Tyler quello che sai e non sarai nei guai."

"Cen ha ragione," disse Tyler. "Dobbiamo arrivare al fondo di questa storia."

"Dopo di che, forse mi aiuterai a liberare Brayden e Gail," dissi speranzosa.

Zia Amber alzò le spalle. "Posso provare, ma non sono un granché in quel genere di cose."

Era evidente che zia Amber non ci avrebbe nemmeno provato. Non potevo biasimarla. Quando zia Pearl si fosse svegliata, sicuramente si sarebbe voluta vendicare del tradimento della sorella. Ma c'erano due persone intrappolate all'esterno. Dovevo salvarle ma non potevo fare affidamento sulle mie zie. Come al solito si comportavano come bambini di dieci anni. Se non fosse stata una situazione così seria ci sarebbe stato da ridere.

"Sarebbe stato utile che tu avessi parlato prima degli accordi di Pearl con Merlinda," disse Tyler.

Zia Amber guardò nervosamente verso la sorella che dormiva. "Volevo dirtelo… Ma Pearl mi ha fatto giurare il segreto. In realtà, mi ha fatto firmare un accordo di segretezza. Per questo non potevo parlare dei suoi progetti di affari. Non conosco tutti i dettagli. Pearl aveva intenzione di annunciarlo a cena. Poco prima che Merlinda…" La sua voce si spense mentre guardava verso il corridoio.

"Considerate le circostanze, avresti comunque dovuto dire qualcosa," dissi.

Zia Amber scosse la testa e si asciugò una lacrima dalla guancia. "Oh, Pearl sarebbe stata furiosa se le avesse rovinato la sorpresa. Per questo aveva invitato anche Brayden a cena. Le aveva promesso una riduzione delle tasse se la sede centrale della Scuola di Fascinazione di Pearl fosse rimasta a Westwick Corners."

"Aspetta… Cosa? Anche Brayden sapeva tutto, prima di noi, dei progetti di zia Pearl?" Ero così furiosa che per un momento pensai di lasciarlo nel globo di neve.

Zia Amber annuì. "Brayden e Pearl avevano in mente di fare un comunicato stampa congiunto all'inizio di gennaio."

Io ero l'unica 'stampa' di cui si potesse parlare a Westwick Corners e l'apertura di una scuola di magia su qualche isola lontana era a malapena una notizia locale. Quello che mi faceva infuriare di più era che lo sapevano tutti tranne me. Se lo sapeva zia Amber, lo sapeva anche la mamma. Lo sapeva Brayden e ragionevolmente Merlinda lo aveva detto a Dominic. Era come un complotto. Lo sapevano tutti tranne Tyler e me. E, molto probabilmente anche Earl.

"Non tutti." Nonna Vi galleggiò davanti a me interrompendo il corso dei miei pensieri. Odiavo il fatto che mi leggesse la mente.

Feci per parlare ma mi fermai in tempo. Non volevo sembrare

ancora più una pazza davanti a Tyler, che non era in grado di vedere o sentire la nonna.

Tornai a concentrarmi su zia Amber. "Come può fare 'notizia' una riduzione delle tasse che metterebbe zia Pearl contro la città?" Feci il segno delle virgolette con le dita. "È semplicemente una pessima notizia per il resto di noi contribuenti perché dovremo pagare più tasse per contribuire alla differenza."

E comunque non riuscivo a capire come avrebbe portato dei vantaggi alla città. Proprio come avevo sospettato, zia Pearl non aveva invitato Brayden alla nostra cena familiare della Vigilia per bontà di cuore. L'aveva fatto per motivi economici.

Zia Amber alzò le spalle. "Non chiedere a me. Sai che odio qualunque cosa del settore economico. Mi fa girare la testa. Ho solo fatto quello che mi ha chiesto Pearl."

Incrociai lo sguardo di Tyler. "Questo mi fa tornare in mente che l'accordo di Merlinda con Pearl non era la sua unica partnership importante degli ultimi tempi. Merlinda aveva un accordo con Dominic."

"Certo. Il matrimonio segreto," dissi. "Non trovi strano che come sposi novelli non avessero discusso i dettagli del volo di Merlinda verso casa? Se Dominic lo sapeva, perché fare una visita a sorpresa a Westwick Corners?"

"Sì," disse Tyler. "Considerato che avrebbe dovuto avere già lasciato la città se il volo non fosse stato cancellato a causa della tempesta. Non avrebbe potuto saperlo in anticipo in nessun modo. Inoltre per Natale avrà dovuto prenotare con anticipo."

Io annuii. "Tutti i voli in arrivo o in partenza dall'aeroporto di Shady Creek sono stati annullati questa mattina per la tempesta, proprio come quello di Merlinda. C'è un solo volo al giorno verso Shady Creek. Quel volo non è mai arrivato. Quindi Dominic doveva già essere in città prima di oggi."

Zia Amber scosse la testa. "Westwick Corners è davvero troppo piccola. Un visitatore come Dominic che viene da fuori città sarebbe stato notato. Qui si conoscono tutti. E tutti fanno pettegolezzi."

"Forse si è fermato a Shady Creek," dissi. La vistosa Cadillac noleggiata da Dominic era un pesce fuor d'acqua tra minivan e pick-up usati in città. Anche i suoi tatuaggi avrebbero attirato l'attenzione.

Mi girai verso Tyler ma lui era già al telefono. Disse qualcosa che non riuscii a capire del tutto e poi chiuse la comunicazione. Rimise il telefono in tasca e si girò verso di noi. "Abbiamo scoperto che Dominic alloggiava al Motel 6 di Shady Creek da una settimana circa."

"Era già qui ma non l'aveva detto a Merlinda?" Zia Amber spalancò gli occhi. "Non è un comportamento normale tra sposi novelli. Perché aspettare per vederla?"

"Mi ha detto che zia Pearl lo aveva invitato per fare una sorpresa a Merlinda. Ed è davvero strano che lui abbia parlato a zia Pearl e non a Merlinda." Ritornai con la mente all'arrivo di Dominic. Come mai zia Pearl sapeva che Merlinda alla fine non avrebbe preso il volo per casa?

A meno che non avesse pianificato qualcosa. Mi sembrò strano anche che volesse annunciare la nuova avventura commerciale a Vanuatu, a parte invitare altre persone a trascorrere il Natale con noi. Era cocciuta, imprevedibile e reticente. Ma qualcosa non aveva funzionato perché io sapevo che non avrebbe mai fatto del male a Merlinda.

Almeno io non pensavo che lei lo avrebbe fatto. Era stato qualcun altro. Mi sentivo sicura che zia Pearl non avrebbe mai ucciso ma poteva essere che avesse nascosto un terribile incidente. In ogni caso non le piaceva ammettere di aver sbagliato. Dove sarebbe arrivata pur di nascondere la verità?

Prima, la tisana pasticciata, poi l'accordo segreto con Brayden e ora, il segreto con Dominic. Questo spiegava perché i due uomini fossero alla nostra festa di famiglia. Ma non era da zia Pearl. E comunque continuavo a pensare alla stessa cosa. Zia Pearl non si era mai sbagliata con incantesimi o pozioni. Ma la cosa più curiosa di tutte era che non si era mai dimostrata ospitale con nessuno per nessun motivo, interno ed esterno alla famiglia. Proprio assolutamente mai.

Zia Pearl aveva combinato qualcosa. Ma ero sicura che non fosse un omicidio... O mi sbagliavo?

CAPITOLO 26

Mentre la mia mente si aggrappava a quello di cui zia Pearl poteva essere capace, Nonna Vi volteggiava avanti e indietro in soggiorno. Era visibilmente alterata.

"Cendrine, come puoi anche solo pensare una cosa del genere? Pearl non farebbe mai del male a nessuno."

Non so cosa pensare, Nonna. Nessuno ha visto quello che è successo a Merlinda quindi sto considerando tutte le possibilità. Tu hai visto qualcosa?

Nonna Vi scosse lentamente la testa. "Ero troppo impegnata a dispiacermi mentre voi divoravate la vostra cena."

Aspetta... Tu puoi leggere nella mente di chiunque, non è vero? Chiunque abbia ucciso Merlinda deve averlo pensato.

"Non funziona così, Cen. Quando leggo nella mente di qualcuno sento solo se sono concentrata. In altre parole, devo fare uno sforzo per leggere il pensiero. Quando siete tutti in una stanza a parlare e pensare, è praticamente impossibile distinguere i pensieri di una persona in modo tale da riuscire a capirne il senso. Se solo avessi saputo che cosa stava per succedere… Mi dispiace, ma non ho nessuna novità interessante per te."

"Ma nella situazione giusta…" Non era troppo tardi. Forse l'assassino stava ancora pensando al crimine in questo momento. Tutto quello che dovevamo fare era mettere l'assassino nella stessa stanza con Nonna Vi.

Tyler si acciglò. "Cen, cosa stai dicendo?"

"Niente... ehm, forse potrebbe essere una buona idea interrogare ognuno in privato." Esitai a chiamarci sospetti ma tecnicamente lo eravamo tutti. In effetti anche Tyler. E pure io.

Qualcuno comunque doveva scoprire la verità. Corretto o sbagliato, ero sicura di poter escludere i membri della mia famiglia come assassini. Quello che non potevo escludere era la possibilità che uno di loro avesse causato un incidente mortale.

Qualunque fosse il coinvolgimento di zia Pearl, prima riuscivamo a chiarirlo, meglio era. Se aveva fatto confusione con l'infuso di erbe, era meglio ammetterlo. Se fosse stato qualcosa di peggio, beh, non ci volevo nemmeno pensare. Mi si stringeva lo stomaco al pensiero.

Zia Amber mi guardò preoccupata. "Cen, non starai davvero pensando che Pearl abbia ucciso Merlinda, vero? Voglio dire, sì, ha fatto uno sbaglio con la tisana, ma è stato un incidente."

Gli occhi di zia Pearl sbatterono e si aprirono alla menzione della sua tisana. "Te l'ho detto, Amber, non c'era assolutamente niente di sbagliato con la mia tisana. Non troveremo mai l'assassino se continui a dire sciocchezze." Sbadigliò e tornò ad accoccolarsi nel divano.

Respinsi il pensiero di un assassino e mi girai verso zia Pearl. "Dimmi di più sulla tua segreta opportunità di affari."

A parte la stregoneria, la missione della vita di zia Pearl era praticamente concentrata sullo scacciare dalla città più persone possibili. Invece, in quel momento, le stava attirando. Bastava questo a far suonare un campanello d'allarme.

Zia Pearl spalancò gli occhi e sbatté le ciglia false fingendo innocenza. "Quale opportunità d'affari? Non ho idea di cosa stai parlando."

"Il franchising della Scuola di Fascinazione di Pearl," dissi.

Zia Pearl mi fissò con sguardo assente. "Quale franchising?"

"L'associazione con Merlinda a Vanuatu." Anche zia Pearl stava sfruttando Merlinda. "Cosa ci guadagni?"

"Ah, quello." Le spalle ossute di zia Pearl si sollevarono sotto l'abito di velluto verde mentre scuoteva un dito in direzione di zia Amber. "Lo sapevo che sei una chiacchierona e non avresti tenuto il segreto. Senti, tutto quello che ho fatto è stato ospitare gratuitamente Merlinda qui, per bontà di cuore. In cambio, lei mi ha offerto una parte del suo business a Vanuatu. Io ho rifiutato ma lei ha insistito."

"Mi hai scacciata dalla mia casa solo per ospitare nella mia stanza un'estranea senza farti pagare?" L'aspetto etereo di Nonna Vi si oscurò assumendo una tinta rossa. Era furiosa. "Mi hai assicurato che guadagnavamo affittandola. Come hai potuto mentirmi in quel modo?"

Nonna Vi viveva con me in un'abitazione separata sullo stesso terreno. La nostra casa sull'albero era grande, moderna, comoda e privata: sistemazione perfetta per un fantasma. Si era trasferita quando avevamo trasformato la residenza di famiglia in un grazioso bed and breakfast, molto tempo prima che Merlinda si fosse trasferita nella vecchia stanza di Nonna Vi. Il trasferimento della nonna era stato necessario perché non potevamo rischiare che spaventasse gli ospiti. Ma lei non aveva ancora accettato l'idea.

"Nessuno ti ha scacciata," disse zia Pearl. "Non era per niente questo l'accordo."

"Beh, allora qual era questo accordo?" Chiese Nonna Vi. "Qualunque fosse, non mi va bene. Voglio tornare indietro. E rivoglio la mia vecchia stanza."

La ignorammo tutti.

"Perché Merlinda voleva iniziare una nuova attività a Vanuatu? Pensavo che volesse scappare da là." Ero frustrata per il fatto che questa storia cambiava in continuazione. Ero anche ferita dal fatto che Nonna Vi non fosse contenta di dividere con me l'appartamento.

Zia Amber interruppe. "È vero che Merlinda voleva lasciare per sempre Vanuatu, ma Pearl l'ha convinta a non farlo. Pearl voleva che lei facesse affidamento sui suoi poteri e ne guadagnasse."

Zia Pearl gettò le braccia in aria. "Così se ne va un altro segreto. Canti come un canarino, Amber. Che boccaccia."

"Allora è vero?" Conoscevo già la risposta.

Zia Amber annuì. "Loro due pensavano di aprire una filiale della Scuola di Fascinazione di Pearl a Vanuatu."

Non aveva senso. L'unica e sola filiale operativa della Scuola di Fascinazione di Pearl restava a malapena in piedi con uno studente. Replicare lo stesso modello su un'isola remota sembrava un disastro finanziario. D'altra parte, Merlinda era una specie di bestia da soma soprannaturale, almeno secondo le storie sulla magia del culto del cargo. Forse anche zia Pearl aveva in mente di trarne un vantaggio.

"Smettila di intrometterti, Amber," disse zia Pearl. "Posso parlare per me stessa."

"Bene, allora perché non lo fai?" Chiese con voce dolce zia Amber. Chiaramente si stava divertendo nel far arrabbiare la sorella.

A quel punto zia Pearl era completamente sveglia. "Bel tentativo, ma non riuscirai a imbrogliarmi e farmi rivelare i miei segreti aziendali. Perderei il mio vantaggio competitivo."

Zia Amber alzò le spalle. "Allora penso che tocchi a me. Pearl aveva in mente di raggiungere Merlinda a Vanuatu dopo Natale per mettere in piedi la cosa. Avrebbe fatto partire l'impresa in cambio di una percentuale della tassa d'iscrizione. Merlinda era la sua protetta."

"Non parlare di me come se io non ci fossi," protestò zia Pearl. "Metà di quello che stai dicendo non è nemmeno vero."

"Cosa, esattamente?" Chiese Tyler.

Zia Pearl alzò le spalle. "Cosa importa?"

Zia Amber scosse la testa delusa. "Questa è una cosa davvero seria, Pearl. Ho aspettato che tu dicessi qualcosa, che ti prendessi le tue responsabilità. Ma non l'hai fatto."

"E non lo farò mai. Voglio un avvocato." Zia Pearl si agitava sul divano, senza trovare pace. L'incantesimo si era completamente esaurito.

Io mi accigliai. "Se Merlinda era preoccupata del fatto che il padre volesse approfittare del suo talento soprannaturale, la nuova impresa non lo avrebbe contrastato?"

"E qui è dove interviene Pearl," disse zia Amber. "Due streghe sono meglio di una e suo padre non sarebbe stato in grado di fermarle.

All'inizio avrebbero agito insieme come Scuola di Fascinazione di Pearl, con il tempo Merlinda l'avrebbe presa in carico. Gli isolani avrebbero visto che Merlinda possedeva la magia del culto del cargo, non suo padre né nessun altro. Questo fatto l'avrebbe liberata da lui. Pearl l'avrebbe supportata nel caso il padre avesse reagito con forza."

Zia Pearl sapeva essere molto persuasiva. Forse Merlinda si era sentita costretta a procedere con il suo piano. "Non capisco. Merlinda voleva fermare la pantomima del culto del cargo di John Frum. Questo invece l'avrebbe portato avanti."

Zia Amber alzò le spalle. "Pearl ha convinto Merlinda che poteva mostrare i suoi poteri e forse anche incoraggiare alcuni indigeni a sviluppare i propri talenti soprannaturali. Pearl sarebbe riuscita a trasformare in strega praticamente chiunque. Era sufficiente che si applicassero."

Zia Pearl si illuminò al complimento. "L'ho detto, Cen."

Alzai gli occhi al cielo. Ero davvero stufa di essere definita una pessima strega.

Zia Amber mi diede una pacca sulla spalla. "Non prenderla in modo troppo personale, Cen. Pearl ha visto sia il potenziale di Merlinda che una ampia opportunità di mercato. Si è immaginata che i seguaci del culto del cargo sarebbero stati interessati, non voleva approfittare di loro. Con alcuni incantesimi semplici, era convinta di poterli convincere a iscriversi."

"Vuoi dire, farli iscrivere con un incantesimo. Questo è inganno." Sembrava più complicato di quanto potesse essere fruttuoso, per non parlare del fatto che era contro le regole della WICCA. Ma se si poteva dire una cosa di zia Pearl era che era un'opportunista.

"Ma se gli altri isolani non sono streghe, come possono praticare la magia?" Chiese Nonna Vi. "Come sarebbe possibile?"

Zia Pearl sogghignò. "È tutto nella ricetta segreta. Qualunque cosa è possibile se credi in te stesso."

Era davvero sbagliato e dovetti dirlo. "Ah, ora capisco. Avevi intenzione di approfittare di quella povera gente e promettere l'impossibile. Pensavi che dato che credono nel culto del cargo e in John Frum,

tu potevi semplicemente prenderti i soldi dell'iscrizione e convincerli
che in realtà possono diventare streghe."

"Gesù, Cen. Detto così sembra davvero insensibile."

"Beh, è così. Faresti qualunque cosa per un dollaro."

"Non proprio qualunque cosa," sorrise zia Pearl. "O per un vatu. È
la moneta corrente di Vanuatu."

CAPITOLO 27

*E*ra dolorosamente evidente a quel punto che nessuno aveva intenzione di aiutarmi a riportare indietro Brayden e Gail. Era una piccola consolazione sapere che zia Amber e Nonna Vi non erano molto meglio di me nella stregoneria. Ormai non avevo nessuno da ammirare. Beh, quasi nessuno.

La mamma si era perfezionata più a lungo di me, ma si limitava a una decina circa di incantesimi. Probabilmente avevo ereditato da lei la mancanza di impegno. L'unica vera possibilità era zia Pearl ma lei aveva detto chiaramente che dovevo riuscire da sola. Il futuro di Brayden e Gail, o la sua mancanza, era esclusivamente nelle mie mani.

Il mio libro di incantesimi era nella casa sull'albero ma la passeggiata attraverso i mucchi di neve per andarlo a prendere avrebbe richiesto troppo tempo. Poteva succedere qualunque cosa mentre Brayden e Gail erano chiusi in quel limbo e io non potevo correre rischi.

All'improvviso mi ricordai che in casa c'era il libro degli incantesimi di Mamma. Corsi in cucina e frugai nel cassetto inferiore della scrivania, dove la mamma teneva il suo libro degli incantesimi WICCA. Lo presi. Era polveroso, probabilmente perché ormai la

162

mamma lo utilizzava di rado. Lei si concentrava principalmente sui rimedi con le erbe, che conosceva a memoria.

La copertina di pelle consumata mi diede una sensazione rassicurante mentre lo aprivo. Feci passare le dita attraverso le pagine di pergamena sottile e ben presto trovai l'incantesimo di trasporto e il suo contro-incantesimo. Le parole familiari mi tornarono in mente leggendo la prima riga.

Procedendo, esitai. Le parole nella vecchia edizione della mamma erano leggermente differenti da quelle che avevo letto nel mio libro. Non di molto, ma in modo sufficiente da pormi una domanda. I cambiamenti del testo erano fatti solo per modernizzarlo o c'era un problema con la versione più vecchia?

Avevo sempre seguito gli incantesimi alla lettera e avevo comunque ancora problemi a portarli a termine. E se per caso le differenze del testo nella vecchia versione implicavano che non avrebbe più funzionato? O peggio, se invece fossero diventate pericolose? Un piccolo errore poteva avere conseguenze molto serie per Brayden e Gail.

Alla fine, dovevo correre il rischio. Non avevo altra scelta. Tenni aperto il libro e corsi di nuovo fuori sulla veranda principale. Dovetti concentrarmi completamente sul mio compito senza nessuna distrazione da parte delle zie o di chiunque altro. Non potevo nemmeno rischiare la loro interferenza. Questo significava che avevo solo poco più di un minuto prima che qualcuno fosse venuto fuori a vedere cosa stavo facendo e avevo bisogno di solitudine per concentrarmi.

Rilessi la pagina, concentrai lo sguardo su Brayden e Gail nel globo di neve sul prato. Non picchiavano più sul vetro. Invece si muovevano a malapena e restavano accucciati vicini per riscaldarsi.

Dovevo riuscire a farlo funzionare.

Rilessi le parole diverse volte fino a fissarmele bene in mente. Poi concentrai tutte le mie energie sul globo di vetro sul prato e recitai:

Vieni indietro, vieni indietro,
Ritorna da me,
Da dove arrivasti,
E sarai libero,

Picchia leggermente
Sul vetro
Fai qualche passo
E ritorna indietro.

L'INCANTESIMO ERA breve e delicato, molto più semplice di come mi sarei immaginata il contrario dell'originale incantesimo di trasporto. Tutto quello che dovevo fare era parlare chiaramente e visualizzare Brayden e Gail.

Ma non successe niente.

Ripetei l'incantesimo cinque o sei volte.

Niente.

Era diverso perché erano all'interno di un globo di vetro? C'erano altri tipi di globo? Non ne avevo la più pallida idea. Tornai con la memoria a quando io stessa ero imprigionata nel globo di neve. Non ricordavo esattamente come ero riuscita a scappare ma in qualche modo ero tornata. Così avrebbero fatto Brayden e Gail. Potevo farcela.

Secondo zia Amber, zia Pearl aveva dimenticato l'ultima frase dell'incantesimo che aveva utilizzato con me. Guardai di nuovo il libro e rilessi l'ultima riga. Almeno quella era identica a quella che mi ricordavo dal mio libro degli incantesimi. Non era sembrato importante che zia Amber avesse interrotto e avesse pronunciato l'ultima riga dell'incantesimo di zia Pearl. Sembrava che chiunque potesse pronunciare le parole… Che fosse una strega o due. Doveva esserci un altro motivo per cui il mio incantesimo non stava funzionando e non riuscivo a riportarli indietro.

L'ultima cosa che ricordavo della mia prigione nel globo di neve era un leggero suono rombante, le renne che colpivano il terreno e poi il vetro che si rompeva e io ero finalmente libera.

La forza pura poteva essere un altro modo di rompere l'incantesimo. Se avessi potuto produrla, forse sarei riuscita ad avere un effetto simile. Avevo solo bisogno di una potenza sufficiente da rompere il vetro senza far del male a Brayden e Gail e, se la tenevo concentrata il globo, avrei potuto liberarli.

Mi appoggiai alla casa mentre scorrevo il libro degli incantesimi della mamma con le dita mezze congelate. C'erano diversi incantesimi che avrebbero potuto fare al caso mio: un terremoto e un'apocalisse. Fattibile ma un po' drastico. Una distruzione catastrofica diffusa senza dubbio ci avrebbe distrutti tutti. A parte quello, avrebbe anche potuto andare storto qualcosa, soprattutto nelle mie mani.

Questo mi riportò al contro-incantesimo di trasporto. Lo recitai di nuovo, stando attenta a parlare in maniera lenta e chiara.

Niente.

Come aveva detto Einstein, ripetere la stessa cosa tante volte e aspettarsi un risultato differente era una follia.

Lo feci per pura disperazione perché non sapevo cos'altro fare.

Mi ero appena girata per rientrare quando la forza dell'esplosione mi fece cadere. Mi sentii spinta in avanti e scivolai sul bordo della veranda coperta di ghiaccio. Poi divenne tutto buio.

CAPITOLO 28

Aprii gli occhi e mi trovai a fissare lo sguardo preoccupato di Tyler. Mi strinse la mano. "Cen, cos'è successo? Brayden ti ha trovata sulla veranda. Eri morta dal freddo."

Brayden? Se era fuori dal globo allora il mio incantesimo aveva funzionato! Forse la forza magnetica del globo di Merlinda si era esaurita. Forse dopo tutto avevo trovato la mia dimensione di strega. Qualunque cosa fosse, ero sollevata e orgogliosa.

"Non ricordo..." Ero appoggiata tra i cuscini sul divano del soggiorno e non sapevo come ci fossi arrivata. L'ultima cosa che mi ricordavo era che ero sulla veranda a recitare l'incantesimo. Dopodiché era tutto nero. Mi sedetti dritta e perlustrai la stanza.

La mamma, zia Pearl e zia Amber erano sulla soglia dell'ingresso.

Brayden era seduto nella poltrona imbottita vicino al focolare. Sorrideva, uno sguardo sollevato. "Come va, Cen? Mi hai fatto prendere uno spavento."

Da quello che sembrava, Brayden non si ricordava del globo di neve.

Zia Pearl sorrise. "Cendrine West! Fai decisamente scalpore quando ti ci metti. Vedi cosa si riesce a fare con un minimo di sforzo?"

Annuii. Mi massaggiai la fronte e richiamai alla mente l'incantesimo. Tutto quello che ricordavo era di aver recitato l'ultima riga dal libro degli incantesimi della mamma. Il libro della mamma! Mi guardai intorno ma non lo vidi da nessuna parte, dovevo averlo lasciato fuori sulla veranda. Senza dubbio si sarebbe bagnato e danneggiato. Mi alzai di scatto e mi affannai per restare in piedi. "Devo prendere il libro."

"Rilassati, Cen." La mamma appoggiò le dita sul suo libro degli incantesimi. "Ce l'ho qui. Non ti devi preoccupare."

"Dove sono tutti gli altri?" In realtà mi riferivo a Gail ma volevo dirlo ad alta voce.

"Se ti riferisci alla piccola vecchia me, sono qui," gridò Nonna Vi da sopra la mia testa. "C'è mancato poco. Mi hai quasi coinvolta. Ti sono mancata?"

Piegai leggermente la testa, a sufficienza perché lo notasse.

Volteggiò verso il basso al mio fianco e restò sospesa vicino al bracciolo. "Ti ho mai detto che sei la mia nipote preferita?"

Sono la tua unica nipote.

Tyler sorrise. "Davvero non ti ricordi niente, Cen? Hai trovato Brayden e Gail quasi congelati qui fuori. Qualche altro minuto e sarebbero assiderati."

Nonna Vi fece un brivido esagerato. "Oh cielo! Hai davvero salvato la situazione, Cendrine."

Gail riapparve all'improvviso sentendo il suo nome. Si era tolta i vestiti bagnati e aveva fatto la doccia, aveva un asciugamano arrotolato sulla testa. Indossava anche l'accappatoio della mamma. "Non avete niente che possa indossare?"

Si girarono tutti verso di me.

Io scossi la testa. "Mi dispiace, ma tutte le mie cose sono nella casa sull'albero. Penso che dovrai aspettare si asciughino i tuoi vestiti." In segreto mi sentivo sollevata e quasi allegra per il fatto che la sua minigonna di paillettes e la giacca di pelle non si potevano mettere nell'asciugatrice.

Non sarebbe proprio potuta scappare con l'accappatoio della mamma. E questo era positivo perché c'erano molte domande a cui non avevo avuto risposta.

Anche zia Amber ne aveva una.

"Sapevi che la melagrana in francese si chiama *grenade*?" Chiese zia Amber.

Non ero sicura se si riferisse al fatto che avevo aperto il globo di Merlinda o qualcos'altro ma rischiavamo di venire depistati. "E questo che cosa c'entra, zia Amber?"

Alzò le spalle. "Oh, niente. O forse, tutto. Ho la sensazione che le cose stiano per esplodere."

Non avevo idea di dove volesse arrivare zia Amber ma sapevo un'altra cosa. Avevo liberato Brayden e Gail dalla loro prigione e in cambio volevo qualcosa. È vero, in realtà ero stata io a intrappolarli nel globo di vetro. Comunque, le cose sarebbero potute andare molto peggio se io non fossi riuscita a salvarli.

Gail alzò lo sguardo, asciugandosi capelli con l'asciugamani. "È proprio vero che le cose non sono come sembrano. Prendi Merlinda per esempio. Perché erano tutti così in ammirazione? Non era un angelo."

La porta della cucina sbatté seguita da passi pesanti. Dominic apparve sulla soglia della sala da pranzo. Era bagnato e in disordine come se fosse stato all'aperto. "Ehi… Fai attenzione a quello che dici di Merlinda, porta rispetto. Lei qui è la vittima."

"Ma pensa," lo schernì Gail. "Solo una povera piccola ragazza ricca che piangeva quando non riusciva a ottenere quello che voleva."

Lo osservai attentamente e mi chiesi se zia Pearl aveva qualcosa a che fare con il suo aspetto dimesso. "Cosa ti è successo?"

Dominic mi ignorò. Si gettò contro Gail. "Non puoi saperlo. Non le hai mai dato una possibilità."

Tyler e io ci scambiammo un'occhiata. Di cosa diavolo stavano parlando? Il malumore tra Gail e Dominic mi colpì come un fatto strano per due persone che si erano appena conosciute.

Gail aprì la bocca per parlare ma ci ripensò.

"Ecco qui la bomba." Sorrise zia Amber.

CAPITOLO 29

"Voi due vi conoscete, vero?" Guardai prima Gail e poi Dominic.

Gail allontanò lo sguardo e continuò ad asciugarsi i capelli con l'asciugamano con maggiore frenesia.

La sua reazione furiosa mi disse che avevo colpito nel centro. Dominic e Gail si conoscevano davvero e noi li avevamo appena smascherati. Un altro segreto era stato svelato.

"Sì, ci conosciamo," disse a bassa voce Dominic. "Ma ora avrei desiderato di no."

Gli occhi di Brayden si spalancarono per lo stupore. "Com'è possibile che voi vi conosciate? Dominic è appena arrivato da Vanuatu e tu vivi a Shady Creek…"

Gail alzò le spalle, un'espressione compiaciuta in viso.

Brayden scrutò il volto di Gail per cercare una risposta. "Mi hai mentito."

Gail tirò su col naso. "Non ho mentito. Non ho detto niente perché sapevo che avresti fatto una scenata."

"Perché avrei dovuto fare una scenata?" Brayden sembrava confuso e continuava a spostare lo sguardo tra Gail e Dominic. Lentamente si rese conto che probabilmente la loro relazione era stata romantica e non platonica.

Gail afferrò la mano di Brayden e lo tirò vicino. "Posso spiegare, Bray. Dominic e io ci vedevamo molto, molto tempo fa, prima che si trasferisse a Vanuatu. Ma ora sto con te e questo è quello che importa."

A Brayden cascò la mandibola. "Ma perché tenermelo nascosto? Cosa succede, Gail?"

"Non ti ho tenuto nascosto niente. Tu non me l'hai mai chiesto," rispose dolcemente Gail.

Brayden sembrò confuso. "Ma perché avrei dovuto chiedertelo? Vi siete comportati come se fosse la prima volta che vi vedevate."

Gail lasciò perdere Brayden con un cenno della mano. "Non devi sapere ogni singolo dettaglio della mia vita, Brayden. Ma dato che non ho niente da nascondere... Dominic e io siamo usciti insieme per qualche mese. Non ne ho mai parlato perché sapevo che saresti stato geloso. Proprio come in questo momento."

Brayden aveva molti difetti ma la gelosia non era uno di questi. Essendo la sua ex ragazza lo sapevo bene. Si concentrava troppo su sé stesso per notare cose come quella. Non se ne accorgeva proprio. Io comunque mi sentii dispiaciuta per lui. Non si meritava il trattamento che gli stava riservando Gail.

"Ehm, sì, è così." Dominic sembrò visibilmente sollevato. Si girò verso Brayden. "È stato molto tempo fa. Per te è un problema?"

Brayden ingoiò con forza mentre l'ombra del dubbio oscurava il volto. "Ma... Penso di no. Ora siete solo amici, giusto?"

"Sì," disse Dominic. "Nient'altro."

Ritornai con la mente alla cena e all'espressione rabbiosa di Gail verso Merlinda. Ci sono molte occasioni in cui le persone diventano gelose ma in quel momento era successo qualcosa di più. Qualcosa oltre l'invidia. Qualcosa di sinistro, in effetti. Anche avvolta nel morbido accappatoio della mamma sembrava inquietante. Qualcosa mi diceva di non voltarle le spalle.

"Io parlo con tutti gli uomini che voglio, Brayden," disse Gail. "Tu non sei il mio padrone quindi smettila di controllarmi." Parlava a Brayden ma il suo sguardo furioso puntava Dominic.

"Io non... Pensavo solo che tu avresti detto qualcosa..." L'espressione ferita di Brayden era decisamente eloquente. Era stato colto alla sprovvista dalla rivelazione di Gail. "Voglio dire, dopo tutto stiamo trascorrendo il Natale insieme."

Mi girai verso Gail. "Voi due uscivate insieme? Quando?"

"Decisamente non sono affari tuoi, Cendrine," scattò Gail.

Brayden incrociò le braccia. "Beh però di certo sono affari miei. Se non c'è niente tra te e Dominic, perché nasconderlo? Cosa c'è sotto, Gail?"

Gail imprecò sottovoce ma non disse altro.

Mi girai verso di lei. "Io penso che la tua relazione con Dominic sia molto più recente di quello che vuoi farci pensare e il fatto che vi siate incontrati qui è più di una coincidenza. Uscire con Brayden è stato solo un espediente per farti invitare alla nostra cena della Vigilia di Natale."

"Io ho detto a Brayden di portare qualcuno. Non mi sarei mai aspettata che lui venisse con una stalker," disse zia Pearl.

Fulminai la zia con lo sguardo.

"Quello che dice Cen è la verità?" Brayden si rivolse a Gail.

La ragazza rimase in silenzio.

Dominic si schiarì la voce e fissò il pavimento in modo strano.

Nessuna risposta sarebbe stata sufficiente.

Ogni cosa andò a posto e io capii. "Ammettilo, Gail. Eri gelosa di Merlinda. Ma non era per lo sguardo desideroso di Brayden. Era la relazione di Dominic con Merlinda che ti rendeva furiosa."

"Perché avrei dovuto essere gelosa di lei? Non m'interessa con chi esce Dominic." Le parole di disinteresse di Gail contrastavano con la sua espressione arrabbiata. Sputò le parole come veleno.

"Eccome, se ti interessa," dissi. "Hai manipolato Brayden per convincerlo a uscire con te. Ammettilo, Gail. Il tuo colpo di fulmine è stata una manovra per arrivare a Dominic e Merlinda."

"Perché avrei dovuto farlo? Ho un ragazzo." Gail lanciò uno sguardo a Brayden per rassicurarlo.

"Io non ne sono più così sicuro," disse Brayden. "Non mi stai ancora raccontando tutto, lo capisco. Non mi piace essere usato."

Gail, così appariscente e senza controllo, era davvero una compagna poco probabile per Brayden, scialbo e arrampicatore sociale. Anche se Brayden aveva portato Gail alla cena per farmi ingelosire, non era il tipo da usare le persone. Era vittima delle bugie e della manipolazione di Gail.

Brayden e Gail non erano l'unica coppia stravagante. Anche Dominic sembrava sbagliato per Merlinda, ma non la conoscevo così bene. Gail e Dominic, d'altra parte, stavano bene insieme. In effetti, si meritavano a vicenda. I pezzi del puzzle cominciavano ad andare a posto.

"Posso spiegare tutto, Bray." Gail afferrò la mano di Brayden. "Andiamo da qualche parte dove possiamo parlare con calma."

Brayden liberò la mano. "No. Ho visto abbastanza."

Dominic si rivolse a Gail. "Va bene, se Brayden vuole troncare allora parliamo. Abbiamo parecchio di cui parlare."

Incredibile. Alla veglia per la morte improvvisa di Merlinda, Dominic voleva riprendere con Gail.

Gail si irritò con Dominic. "Idiota… non ho niente da dirti. Pensavo di conoscerti. Salta fuori che non ti conosco per niente."

Dominic alzò la mano destra. "Gail, posso spiegarti…"

Ogni finzione di estraneità ormai era svanita.

Gail si coprì le orecchie. "Risparmiati per qualcuno che ci tiene."

"Io ci tengo." Dominic ingoiò a fatica. "Non mi sarei mai aspettato che…"

"Mi hai tradita, Dom. Pensavo che avessimo un futuro insieme." Le si spezzò la voce e le tremò il labbro inferiore. Stava per mettersi a piangere, sgretolandosi sotto quell'atteggiamento da dura.

Brayden scosse la testa. "Non riesco a crederci. Mi sento talmente stupido."

"Beh, lo sei di certo per aver portato quella donna." Nonna Vi volteggiava sopra la testa di Brayden.

"Dici bene," disse zia Pearl.

Dominic sospirò. "È meglio che lo sappiate perché prima o poi lo scoprirete comunque. Anche se Gail non lo vuole ammettere. Viene anche lei da Vanuatu."

Gail mosse la mano per scacciare il pensiero. "È una follia. Non ho idea di che cosa stia dicendo."

"Aspetta… Cosa?" Le sopracciglia di Brayden si arcuava erano in un'espressione confusa. Si girò verso Gail. "Se sei di Vanuatu, perché non hai l'accento?"

"Si è trasferita in America, proprio come me," disse Dominic. "Lavoravamo entrambi per il negozio di diving nell'hotel di famiglia di Merlinda."

Con il senno di poi il fatto che fossero una coppia era evidente. Avevano più o meno la stessa età. Erano entrambi un po' prepotenti e dai modi di fare un po' rudi. Non avevo pensato alla loro relazione perché entrambi si erano presentati accoppiati, o meglio mal-accoppiati, con altre persone.

"Sei stato ingannato, Brayden," disse zia Pearl. "Sei troppo scemo per capire che Gail ti ha usato. Non è mai stata interessata a te. Sei davvero tonto."

"Zia Pearl!" Dissi. La sua sfacciata sincerità era quasi pessima come le sue solite bugie.

"Ma… Ma…" Il volto di Brayden divenne color porpora.

Io provai una fitta di comprensione per il mio ex fidanzato. Brayden non era stupido. Era semplicemente troppo egocentrico per essersi accorto di cosa fosse in realtà Gail: una manipolatrice e calcolatrice che lo utilizzava a suo vantaggio.

Tutta l'espressione di Brayden dimostrava quanto si sentisse ferito. Per la prima volta in tanto tempo aveva bisogno di noi e io non avevo intenzione di abbandonarlo.

Avrei voluto abbracciarlo.

Ma invece, scoprii qualche incantesimo vecchio stile.

La vendetta è un piatto da consumare freddo.

CAPITOLO 30

Il mio incantesimo di congelamento aveva funzionato. Anche troppo bene in effetti, perché volevo congelare solo Gail e Dominic e non anche Brayden. Ma Brayden si trovava troppo vicino a Gail quando avevo lanciato l'incantesimo.

Ops. Lo avevo fatto di nuovo.

La mamma si appoggiò a zia Amber. "Wow! Ci sei andata vicina, Cen. Hai quasi preso anche noi nell'incantesimo. La prossima volta avvisaci."

"Scusa, mamma. Penso di essermi lasciata prendere." A dire la verità, non mi sarei mai aspettata che il mio incantesimo funzionasse subito. Di solito non succedeva perché mi dimenticavo uno o due dettagli importanti. Quel giorno era diverso. Stavo andando alla grande, dal punto di vista magico.

"Ben fatto, Cen!" Zia Pearl batté le mani. "C'è ancora speranza per te."

Mi illuminai al complimento sottinteso mentre studiavo i nostri tre ospiti incoscienti. Avevo usato l'incantesimo di congelamento su Gail, Dominic e Brayden in modo da allentare la tensione. Il triangolo amoroso minacciava di sviare la nostra indagine proprio nel

174

momento in cui stavamo arrivando al punto centrale. L'ultima cosa di cui avevamo bisogno era un altro morto.

Il mio incantesimo era tutt'altro che robusto come quelli di zia Pearl, ma era sufficiente per darci il tempo di parlare tra noi per qualche minuto. Lanciare incantesimi tutto sommato non era così difficile quando ci si prendeva la mano. Mi decisi a dedicare più tempo allo sviluppo della mia arte. La pratica perfeziona. Sarebbe stato il mio buon proposito per l'anno nuovo.

Tyler si accigliò. "Spero che tu abbia un piano, Cen."

"Certo," mentii. L'incantesimo lanciato al volo aveva congelato il triangolo amoroso dandoci qualche minuto per parlare. Ma oltre a quello, non avevo idea di come procedere.

Earl entrò nella stanza e si fermò all'improvviso vedendo i nostri ospiti temporaneamente congelati. Fece un passo all'indietro, inciampò nel tappeto e perse l'equilibrio. Tyler lo prese giusto in tempo facendolo restare in piedi.

"Ehi! Cosa diavolo sta succedendo qui?" La voce di Earl era salita di un paio di ottave. "Spero di non essere il prossimo!"

Tyler scosse la testa. "Ti puoi aspettare qualunque cosa, Earl. Ormai dovresti conoscere le donne West."

Zia Pearl mosse un braccio indicando di lasciar perdere. "Non ascoltarlo, Earl. Non ti devi preoccupare di niente. Sai che proteggerò sempre..." Si fermò a metà della frase quando si rese conto che la stavano fissando tutti.

Zia Amber fece schioccare le labbra lanciando in aria un bacio. "Wow... Com'è dolce Pearl con te, Earl. Qual è il tuo segreto? Non l'ho mai vista così con nessuno prima."

"Amber, smettila!" Zia Pearl arrossì.

Anche Earl era imbarazzato. Il suo volto paonazzo era in tinta con la camicia di flanella. Ignorò la domanda di zia Amber e cambiò argomento. Indicò gli ospiti accasciati insieme sul pavimento. "Cosa gli è successo?"

"Ehm... Niente di particolare." Inventai rapidamente una storia per spiegare la situazione. "Stanno facendo un pisolino mentre noi ragioniamo."

"Vuoi dire di quello che è successo a Merlinda?" Di certo, Earl frequentava zia Pearl da abbastanza tempo per avere più di una semplice idea dei suoi poteri magici e, di conseguenza, dei miei. C'erano davvero tante cose riguardo la nostra famiglia che sfuggivano a una spiegazione.

Earl si teneva in disparte ma era intelligente. Cosa che rendeva la sua attrazione per zia Pearl ancora più misteriosa. Forse era un'attrazione intellettuale. Non era certo la personalità solare della zia.

Io annuii. "Sì. Ci vorranno pochi minuti."

Zia Pearl fece un sorriso luminoso. "Quello che Cen vuole dire è che stiamo facendo un gioco per vedere chi fa il morto più a lungo. Te lo sei perso quando sei uscito dalla stanza."

Zia Amber fece un respiro rumoroso. "Pessima scelta di parole, Pearl."

Zia Pearl alzò gli occhi al cielo. "Sai cosa voglio dire."

Stavamo rimandando l'inevitabile perché i giochi di zia Pearl dovevano riportare alla verità. E la verità era che un assassino era ancora tra noi.

Oltretutto Earl non era cascato nella spiegazione insensata di zia Pearl. Alzò le spalle e si diresse alla finestra. "Sembra troppo tranquillo per te, Pearl. Sto pensando di andare a casa. La tempesta è terminata e le ultime ore per me sono state un po' eccessive. Non posso permettermi un attacco di cuore."

"Nessuno va da nessuna parte," disse Tyler. "Soprattutto tu, Earl. Potrei aver bisogno del tuo aiuto."

"Beh, Earl..." Zia Pearl arrossì, la voce normalmente nervosa ora dolce come miele. "Per una volta sono d'accordo con lo sceriffo. Ti annoieresti a casa. Sai che preferisci tenerti impegnato. Resta qui... Ti prometto che ne varrà la pena."

"Non so..." Earl fissò malinconico fuori dalla finestra. "Mi sento un po' stanco. A volte mi esaurite."

Zia Pearl picchiò il piede, il suo atteggiamento solare di poco prima ormai sparito. "Non te ne puoi andare ora. Ho in mente tante cose e abbiamo praticamente appena iniziato i nostri festeggiamenti di Natale."

"È questo che mi spaventa." Earl mosse il braccio indicando i nostri tre prigionieri. "Non puoi semplicemente mettere k.o. la gente quando ne hai voglia."

"È stata Cen, non io. Le ci vorrà un sacco per sistemarlo, comunque. Come al solito, dobbiamo rimettere tutto a posto." Zia Pearl agitò le braccia e borbottò sottovoce.

Iniziai a protestare ma era troppo tardi.

Gli occhi di Brayden sbatterono e si aprirono. Poi si svegliò Dominic e infine Gail qualche secondo dopo.

"Vedi, Earl? Non è successo niente." Zia Pearl strinse il braccio di Earl. "Fermati ancora un po' e aiutami a portare avanti lo spettacolo. Non te ne pentirai."

Zia Pearl di certo non si pentiva mai. Proprio quello che io temevo.

CAPITOLO 31

I nostri tre ospiti intontiti si misero in piedi con difficoltà. Erano stanchi, annebbiati e confusi. Sembravano anche molto più provati rispetto a prima.

Brayden si trascinò fino al divano e vi cadde sopra. Si strofinò le tempie. "Ho un mal di testa terribile. Avrei fatto meglio a restare a casa."

Riattivai l'incantesimo su Brayden per evitargli ulteriori dispiaceri, sia a causa del mal di testa che di Gail. In pochi secondi era di nuovo addormentato.

"Beh, ora torno a casa. Vado a Vanuatu." Dominic si rivolse a Gail. "Vuoi un passaggio per Shady Creek? Il tempo è migliorato e le strade dovrebbero essere percorribili. Aspetteremo che l'aeroporto riapra e prenderemo il primo volo."

Lanciai un'occhiata all'esterno e vidi che l'Escalade di Dominic era ancora parcheggiato nel vialetto.

"Dovrai passare sul mio cadavere, figliolo," disse zia Pearl.

Gail sbuffò. "Possiamo organizzarci, vecchia."

Tyler si mise tra Gail e zia Pearl e fece dondolare le chiavi dell'auto di Dominic. "Nessuno va da nessuna parte finché non lo consentirò. E non succederà finché non sapremo che cos'è successo a Merlinda. È meglio che cominciate a parlare."

"Sì, è giusto." Earl era in piedi alle spalle di Tyler. "Ve ne state tutti lì immobili."

Gail frugò nella borsetta cercando il cellulare. "Cosa c'è che non va con voi? Non potete tenerci qui. Chiamo la polizia."

"Non ce n'è bisogno. Lo sceriffo Gates è già qui," disse amabilmente zia Amber.

"Intendevo i veri poliziotti. Questa è una barzelletta. Lo sceriffo non ha fatto niente per tenerci al sicuro," disse Gail. "Non so cosa state combinando voi pazzi, ma non ho intenzione di stare qui e fare la stessa fine di Merlinda."

Dominic si strofinò la testa. "Nemmeno io."

Gail boccheggiò e si strinse lo stomaco. "Aspettate… Penso che qualcuno abbia avvelenato anche me. È quella torta di Natale. Forse la tisana… Qualunque cosa sia, mi sento malissimo."

"Chi stai accusando…" Zia Pearl si fermò a metà frase. "Oh, no, dimmi che non è vero. Stai cercando di incastrare Ruby e me!"

Zia Amber afferrò zia Pearl da dietro e le mise una mano sulla bocca.

Dominic si appoggiò al muro per non cadere. "Anch'io comincio a sentirmi male."

Gail si girò verso Dominic. "Moriremo entrambi ed è tutta colpa tua. Se tu avessi fatto quello che dovevi io non sarei qui in questo momento."

"Non importa. Sono stufo di discutere con te." Dominic si accasciò in posizione seduta contro il muro.

"Non cercate di temporeggiare," disse Tyler. "Alla fine serve solo a peggiorare la posizione di entrambi. Voi due state nascondendo ancora qualcosa e io voglio sapere cosa."

"Sì… Vuotate il sacco," chiese zia Pearl. "Diteci cosa avete fatto a Merlinda."

Dominic alzò le mani, con i palmi all'esterno in segno di protesta. "Io non ho fatto niente a Merlinda, lo giuro. Non mi prenderò la colpa di questo. Ho detto a Gail che non potevo arrivare in fondo ma lei non mi ha ascoltato. Non è come sembra. Posso spiegare tutto."

"Col cavolo che lo farai." Gail afferrò il globo di neve tropicale di Merlinda dall'albero e lo lanciò verso Dominic. "Mi hai detto che si trattava solo di lavoro. Il fatto di avvicinarsi a Merlinda faceva parte del piano principale. Bugiardo!"

"Gail, mi dispiace, non intendevo..." Dominic si chinò mentre il globo di neve di vetro volava in aria.

Per fortuna Gail sbagliò mira. Io mi inserii nella linea di fuoco e allungai il braccio per prendere il globo di vetro. Il globo ora brillava a malapena dato che la sua creatrice se ne era andata per sempre. Comunque mi sembrò sbagliato che quello che ne restava finisse in pezzi.

Le mie dita lo toccarono di sfuggita. Restai in equilibrio precario su un piede e cercai di tenere il globo con una mano. Era troppo grande per il mio palmo. Rotolò lungo il mio braccio come una palla da bowling. Arrivò fino al petto e mi fece perdere l'equilibrio.

Sospettai che il globo di Merlinda avesse ancora più potere di quello che avevo sperimentato ma non avevo nessun desiderio di provare la mia teoria. Ogni strega crea gli incantesimi in modo un po' differente. Alcune mettono delle trappole per evitare che altre streghe possano metterci le mani. Io non avevo idea se Merlinda avesse protetto il globo in qualche altro modo oltre al repellente magnetico. In ogni caso lasciarlo cadere era fuori questione.

Sospirai sollevata quando finalmente riuscii ad avere il globo saldo in mano. Lo premetti contro lo stomaco e lo tenni lì vicino mentre riacquistavo l'equilibrio.

Gail prese un bicchiere vuoto e lo gettò verso Dominic. Questa volta colpì il bersaglio. "Idiota! Hai detto che Merlinda ci avrebbe resi ricchi. Invece sei diventato avido e mi hai tradita. Avresti dovuto ucciderla, non sposarla!"

Dominic allargò le braccia, le palme all'esterno in segno di resa. "È morta, no? Hai avuto quello che volevi." La sua voce si spezzò mentre lottava per controllare l'emozione.

"Ti sei innamorato di Merlinda." Zia Pearl guardò Dominic con l'aria di chi la sa lunga. Le si spezzò la voce. "E comunque, l'hai uccisa. Come hai potuto?"

"Io… Io non l'ho uccisa, lo giuro. Avrei dovuto rapirla, non ucciderla. Ma non sono riuscito nemmeno in quello. Mi sono tirato indietro perché l'amavo. Non sono riuscito a farlo."

"Bugiardo," sibilò Gail. "Non sei capace di amare. Sei diventato avido e hai deciso di buttarmi fuori dall'accordo. Ecco perché non hai mai risposto ai miei messaggi. Mi hai lasciata incollata al lavoro al negozio di diving, a gestire tutto, mentre ti aspettavo. Non hai mai chiamato nemmeno una volta per chiedere come andava. Ora so perché. Invece di rapire Merlinda, le hai fatto la corte per tutto questo tempo. Hai pensato che potevi fare un matrimonio ricco ed ereditare tutto. Beh, hai ucciso la gallina dalle uova d'oro. Spero che tu marcisca in galera, hai perso due volte!"

CAPITOLO 32

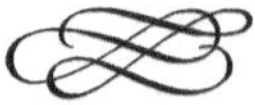

*B*rayden russava rumorosamente sul divano, ignaro dello scontro tra Gail e Dominic che si stava svolgendo davanti a noi. Assistevamo disposti a semicerchio, mentre loro si affrontavano come se dovessero duellare fino alla morte.

Dominic poteva essere un criminale senza coscienza o un marito sofferente le cui azioni avevano portato alla morte della moglie. In ogni caso non mi faceva pietà. Era stato preso con le mani nel sacco e sembrava ansioso di incriminare Gail e dare a lei tutta la colpa.

L'uomo sospirò. "Avevamo progettato di rapire Merlinda e chiedere un riscatto al padre. Quando sarebbe successo, avremmo mandato un video in cui lei chiedeva aiuto come prova del fatto che era in vita. Sapevamo che il padre di Merlinda avrebbe pagato il riscatto perché aveva bisogno di lei e dei suoi poteri soprannaturali a Vanuatu. Aveva bisogno che lei facesse apparire altri cargo. Tutto il suo progetto su John Frum dipendeva da quello."

"A parte che non sei riuscito a fare nemmeno quello," disse Gail. "Quando non hai chiamato, sono dovuta venire qui per assicurarmi che tu avessi finito il lavoro. E ho scoperto che invece ti eri legato a lei. Avevamo pianificato tutto insieme, Dom. Come hai potuto farmi questo?"

"Ti ho detto che non riuscivo ad arrivare in fondo ma tu non mi hai voluto ascoltare." Dominic si girò verso Tyler, la voce rotta e le lacrime che scorrevano lungo il volto. "Ho rotto con Gail un po' di tempo fa, quindi ora non è come se la stessi ingannando."

Zia Pearl sbuffò. "Che sensibilità. Avrai quello che meriti, figliolo."

Io mi spostai al fianco di zia Pearl, pronta a bloccarla se si fosse mossa verso Dominic. In realtà speravo di non dover arrivare a quello. "Zia Pearl…"

"Mi stai minacciando, Pearl?" Disse Dominic. "Non lo farei se fossi in te. So un po' di cose anche su di te."

"Stai bluffando, figliolo," disse zia Pearl. "Non puoi avere niente su di me. Non ho fatto niente di sbagliato."

"A parte forse la tisana," interferì zia Amber. "Anche tu sbagli, Pearl."

"Piantala, Amber," scattò zia Pearl. "Non sei di aiuto."

Zia Amber scosse la testa. "Ricattare Pearl richiama guai, giovanotto. Non hai idea di che cosa è capace."

Io presi il braccio di zia Pearl. "Per ora hai detto abbastanza. Lascia che se la veda Tyler." Deviare la conversazione poteva rovinare la possibilità di ottenere una confessione.

"Non dirmi di stare zitta, Cen. Dominic merita che gli dica quello che penso. E forse anche qualcos'altro."

"No, zia Pearl…" Protestai.

Dominic alzò le braccia in segno di resa. "Hai ragione. Merito tutto quello che mi succederà. Per le bugie e altro. Ma non per la morte di Merlinda. Non le avrei mai fatto del male. Può non essere credibile, ma giuro di non avere niente a che fare con la sua morte. È stato un terribile incidente."

Gail fulminò Dominic con lo sguardo. "Bugiardo. Non avevo idea di cosa stesse succedendo fino a stasera quando vi ho visti insieme. L'hai sposata per tagliarmi fuori dall'accordo. Il matrimonio era l'ultima possibilità di contenere i suoi poteri e nel frattempo arricchirti. Beh, ora non succederà, giusto?"

"Questo non ha senso," disse Dominic. "Merlinda vale molto meno da morta che da viva. Comunque io l'amavo. Non avrei mai approfittato di lei in quel modo."

Io ero convinta che Gail non avesse pensato il piano da sola, senza il coinvolgimento di Dominic. Anche se lui alla fine se ne era tirato fuori, era d'accordo con lei dall'inizio.

"Beh, non mi prenderò la colpa al posto tuo," scattò Gail. "Sei responsabile quanto me."

Dominic agitò il dito verso Gail. "A-ha! Ammetti di averla uccisa!"

Gail strizzò gli occhi. "Certo che no! Non ammetto niente. So una cosa di te, Dominic. Tu hai un piano di riserva. Scommetto che hai assicurato quella povera ragazza fino alla punta dei capelli."

Zia Pearl sbuffò. "Oh, e adesso Merlinda è una povera ragazza? Non lo pensavi quando l'hai uccisa."

"Restane fuori, Pearl." Tyler si mise di fronte a zia Pearl e le fece segno di allontanarsi. Si girò verso Dominic. "Vai avanti."

"Ammetto che noi, voglio dire io, avevo in mente di avvicinarmi a Merlinda," disse Dominic. "Il piano era di guadagnare la sua fiducia e poi rapirla. Sarebbe stato impossibile a Vanuatu. Io ero fuori dal suo circolo sociale e in nessun modo avrei potuto conoscerla.

"Quindi, quando Merlinda ha lasciato Vanuatu all'inizio, per il primo semestre alla Scuola di Fascinazione di Pearl, ho preso lo stesso volo. Ho pagato qualcuno alla linea aerea per ottenere un posto vicino a lei e sono riuscito ad affascinarla in modo che venisse con me. Le ho detto che ero un imprenditore che faceva affari con gli Stati Uniti. Ma alla fine sarei dovuto tornare a Vanuatu e al mio lavoro al negozio di diving mentre lei sarebbe andata a scuola qui a Westwick Corners. In questo modo abbiamo cominciato a uscire insieme. Per tutto il tempo abbiamo avuto questa relazione a distanza."

Gail si irritò. "L'hai tirata talmente per le lunghe che io mi sono stufata a morte di tutte le tue scuse. Tu volevi solo continuare a vedere Merlinda quando tornava a casa per le vacanze."

"La nostra relazione a distanza non mi bastava più e nemmeno a Merlinda. Ci sposammo in segreto a Vanuatu durante uno dei suoi periodi di vacanza."

Gail boccheggiò. "Vi siete sposati a Vanuatu? Proprio sotto il mio naso? Come hai potuto farmi una cosa simile, Dominic?"

"Non è che poteva invitarti al matrimonio," sogghignò zia Amber.

Dominic la ignorò, apparentemente impegnato a continuare con la sua confessione. "Abbiamo tenuto segreto il matrimonio e io ho tenuto a bada Gail. Non avevo intenzione di rapire mia moglie."

Gail sbuffò. "Non ne avevi più bisogno dopo avermi buttata fuori dall'affare. In un attimo sei diventato ricco."

Dominic fulminò Gail con lo sguardo. "Siamo arrivati a un punto critico quando il padre di Merlinda ha scoperto il matrimonio. Lei ha dovuto scegliere: me o Vanuatu. E io avrei dovuto scegliere tra Merlinda e il piano di Gail."

"Ah, così adesso è il mio piano?" Gail divenne rossa in volto. "C'eravamo dentro insieme, Dom. Non cercare di tirartene fuori. Non prendo la colpa al posto tuo."

Dominic sospirò, il volto mostrava tutta l'esasperazione. "Ho detto di no a Gail ma lei non mi ha voluto ascoltare. Così, ho temporeggiato finché ho potuto, pensando che Merlinda almeno qui a scuola fosse al sicuro. Poi Gail ha detto che non potevamo più aspettare. Ecco perché sono venuto qui. Ma non ho potuto portare a termine il piano."

"Bugiardo," disse Gail. "L'hai uccisa."

Dominic scosse la testa. "No. Io ho sempre solo preso in considerazione il rapimento."

Zia Amber fece un fischio leggero. "Come fai a rapire tua moglie? Non l'ho mai sentito prima. Non mi sembra del tutto innocente."

"Era diventato necessario per proteggerla. Per salvarla da qualcosa di peggio." Dominic lasciò andare un profondo sospiro. "Davvero non so cosa avevo in mente. Pensavo che forse saremmo potuti sparire entrambi, iniziare daccapo in un altro posto. Non avrei mai pensato che succedesse questo."

Tyler agitò le braccia verso di noi. "Comparire così per una cena è un modo strano di rapire qualcuno. Ci sono un sacco di testimoni. A meno che la visita improvvisata non facesse parte del piano. Fare la parte del marito amorevole che fa la visita a sorpresa e tagliar fuori Gail."

Dominic annuì lentamente. "Direi che questa parte sia vera. Puoi incolparmi di questo. Ma io non l'ho uccisa."

CAPITOLO 33

"Dominic fa sembrare che l'abbia costretto io a rapire Merlinda, ma non è per niente così," disse Gail. "Aveva già chiesto 50.000 dollari al padre di Merlinda in una lettera per il riscatto. Il padre avrebbe anche pagato. 50.000 non è niente al confronto di quello che il padre guadagnava dagli incantesimi di Merlinda. Lui aveva bisogno che lei continuasse con la magia."

Mi girai verso Dominic. "È vero?"

Gail alzò il telefono cellulare. "Ho una foto del biglietto per il riscatto proprio qui."

Dominic mosse le mani per protestare. "Ammetto di aver scritto il biglietto per il riscatto ma alla fine non l'ho mai spedito. E, sicuro come l'oro, non ho ucciso Merlinda. Io l'amavo."

"Certo, vero," sbuffò Gail. "Proprio come dicevi di amare me. Forse possiamo ancora ottenere qualcosa, comunque. Non c'è più Merlinda ma di sicuro possiamo utilizzare queste api operaie della stregoneria."

"Col cavolo che lo farai." Zia Pearl fulminò Gail con lo sguardo. "Ti conviene sperare che non facciamo qualche altro lavoro su di te."

Zia Amber spalancò la bocca sorpresa guardando prima zia Pearl, poi Mamma e infine me. "Aspetta un attimo, Gail... Tu sai che siamo streghe? Chi te l'ha detto?"

Come se quella fosse stata la cosa più importante che avevamo in mente.

Come se non avessimo ballato tutta la notte intorno al concetto della stregoneria parlando del culto del cargo di Merlinda e tutto il resto.

"Certo che lo sapevo!" Disse Gail. "È così evidente in tutte voi. Pensate davvero di essere così brillanti che nessuno conosce la vostra 'ricetta speciale'?" Fece con le dita il segno delle virgolette. "È evidente che sapevo che Merlinda faceva apparire le cose. Proprio come fate voi. Era questo il punto del progetto su John Frum. Solo che ora ho bisogno di un sostituto di Merlinda. Se volete partecipare all'azione, vi ricompenserò adeguatamente."

"Noi non facciamo apparire…" Mi fermai a metà della frase.

Gail estrasse una pistola dalla borsetta e la puntò verso di me. "Penso di aver appena trovato una nuova opportunità di business, Dom. Prendi le vecchie mentre io mi occupo di questa. Cominceremo il nostro personale culto del cargo proprio qui a Westwick Corners."

"Non hai possibilità contro le streghe di Westwick, signorina!" Zia Pearl all'improvviso saltò tra di noi e, con forza sorprendente, spinse Gail in una poltrona che era misteriosamente comparsa alle sue spalle. In pochi secondi mani invisibili legarono piedi e mani della ragazza alla poltrona con una corda apparsa magicamente.

Zia Pearl si pulì le mani come se avesse appena completato un lavoro spiacevole. "Direi che non sei furba come pensi di essere."

Gail si accigliò. "No… Sono più furba di tutte voi messe insieme. Siete tutte così impegnate a pensare quanto siete meravigliose. In realtà siete così concentrata su voi stesse che non notate nemmeno le altre persone."

"O i loro sporchi trucchi." Sospirò zia Amber. "Io di certo non mi sarei mai aspettata un assassinio proprio sotto il mio naso. In ogni caso non capisco come questo dimostri che sono concentrata su me stessa."

Gail alzò gli occhi al cielo. "Siete così concentrate sulle cose concrete che vi perdete del tutto il quadro generale."

"Smettila di cambiare argomento, Gail," scattò zia Pearl. "Non è semplice come sembra, sai. La povera Merlinda doveva far apparire ogni genere di cosa in anticipo per soddisfare le domande dei seguaci del culto del cargo. Doveva tornare a casa alla fine di ogni semestre e lavorare giorno e notte per ricostruire l'inventario; in modo tale che potesse essere sufficiente nel periodo in cui lei era via per la scuola. E faceva tutto sotto coercizione. Qualcosa che tu non potresti mai fare."

La mamma annuì. "Quella ragazza doveva far apparire tutto quel cargo come se fosse stata una catena di montaggio soprannaturale. Comunque non capisco. Il suo talento la rendeva più utile da viva che da morta."

"Esattamente. Per tutti tranne una persona." Indicai Gail. "Tu sei quella che ha più da guadagnare dalla sua morte. Anche senza il riscatto, volevi la tua vendetta su Merlinda per averti rubato Dominic. L'hai uccisa. Non per soldi ma per amore."

"Non essere ridicola," disse Gail. "È stato Dominic. Ha una polizza di assicurazione bella cicciotta sulla vita di Merlinda. L'ha uccisa."

"Quanto vale questa polizza, Dominic?" Chiese Tyler.

"Non è come sembra. Merlinda e io abbiamo fatto entrambi un'assicurazione sulla vita perché si fa tra coppie sposate. Come dici tu sembra che sia una taglia sulla sua testa o qualcosa del genere. Ho perso molto più di quello che ho guadagnato. Ho perso l'amore della mia vita." Dominic scoppiò in singhiozzi.

"Oh, che fiumi di lacrime," disse zia Pearl. "Merlinda mi ha detto di te e delle tue manipolazioni. Aveva intenzione di lasciarti per sempre. Tu e Gail siete fatti uno per l'altra."

Gail sbuffò. "Avete visto? Dominic l'ha uccisa perché non lo lasciasse."

Brayden si stiracchiò sul sofà. Aprì lentamente un occhio, poi l'altro.

"Dare la colpa a qualcun altro non funziona, Gail." Sollevai la bottiglia vuota del vino della stazione di servizio portato da Gail. "Hai messo qualcosa nel vino."

Gail scosse la testa. "Hanno bevuto tutti il vino ma solo Merlinda si è sentita male."

"Non è vero," dissi. "Solo tu, Brayden e Merlinda avete bevuto vino bianco, come quello che hai portato."

"È ridicolo," disse Gail. "Io ho bevuto il vino e sono ancora qui. E anche Brayden."

Scossi la testa. "No. Hai rovesciato il vino di Brayden prima che lui potesse berne un sorso. E tu non hai mai toccato il tuo bicchiere."

"Sì che l'ho fatto," disse Gail. "Solo che eri troppo ubriaca per notarlo."

Brayden saltò dritto a sedere. "Oh, mio Dio! Hai cercato di avvelenarmi!"

Zia Pearl lo mise da parte con un gesto. "Smettila di fare il drammatico, Brayden. Non hai mai bevuto, quindi cosa importa? Non si tratta sempre solo di te, sai."

"Altroché se importa," gridò Brayden. "E se io avessi bevuto? Ho bevuto così tanto che sinceramente non ricordo. E la testa mi fa un male da morire."

"È perché hai bevuto troppo," scattò zia Pearl. "Ora, smettila di interrompere e torna a dormire." Ma era meglio non dire niente. Strinse le ginocchia con le braccia e le tenne vicino al petto.

"Beh, io non ero così ubriaco da non aver visto quello che hai fatto, Gail," disse Earl. "Ho bevuto solo un po' di zabaione di Amber. Ti ho osservata tutta la sera. Ho osservato che guardavi tutti gli altri, in effetti. E ho visto che non hai bevuto nemmeno un sorso del tuo bicchiere colmo di vino. Sapevo che stavi combinando qualcosa ma non sapevo cosa."

"Bugiardo. Ho bevuto tantissimo." Gail si sporse in avanti sulla poltrona ma le corde la tennero stretta.

"Volevi uccidere Merlinda ma pensavi anche di avvelenare noialtri nel frattempo." La voce di zia Pearl era scossa dalla rabbia. "Meriti di morire proprio come Merlinda. Ho una mezza idea di finirti subito."

Earl si accigliò. "Ti dò un consiglio, Gail. La prossima volta rimetti il sigillo sul tappo. Gli ospiti educati non portano bottiglie già aperte a una cena."

"Va bene, ho preso una decisione," disse zia Pearl. "Sei storia passata, signorina!"

"Ehi… Ferma lì, Pearl." Earl tirò vicino a sé zia Pearl e la avvolse con le sue braccia. Era grosso il doppio di lei ma non dovette usare la forza. Furono sufficienti le parole. "Non fare niente di cui potresti pentirti."

"Hai ragione," disse zia Pearl a denti stretti girandosi verso Tyler. "Per cambiare, qualcun altro può fare il lavoro sporco al posto mio. Sceriffo? Cosa stai aspettando?"

CAPITOLO 34

Brayden, la mamma e io eravamo sulla veranda e guardavamo il furgone della polizia di Shady Creek che si allontanava. Dominic e Gail erano al sicuro, diretti alla prigione, accusati entrambi dell'assassinio di Merlinda.

Le strade erano state riaperte da un'ora. Il nostro parcheggio era pieno di veicoli della polizia. Il medico legale e i tecnici della Scientifica di Shady Creek erano rimasti sul posto a esaminare la scena del crimine e ci sarebbero rimasti ancora per qualche ora. Tyler stava dando istruzioni.

Quello che era iniziato come un crimine dettato dall'opportunità si era trasformato in un crimine passionale. Non ero mai stata brava in geometria ma con il senno di poi vedevo l'intersezione del triangolo amoroso. Avrei solo desiderato che avessimo capito prima la situazione e forse salvato Merlinda da una fine così tragica.

C'era ancora una cosa che mi lasciava perplessa. Merlinda era tutt'altro che una persona ordinaria. Era una strega potente eppure non era riuscita a capire le vere intenzioni di Dominic. Immagino che l'amore sia cieco, anche per una strega esperta. Anche Merlinda era stata imbrogliata nel momento in cui il suo cuore era coinvolto.

Zia Pearl aveva lo sguardo fisso nel vuoto. "Merlinda era una strega così potente. Un talento così puro. Non vedremo mai più un potenziale simile. A meno che..." Si girò verso di me con uno sguardo speranzoso.

"Dimenticatelo, zia Pearl." Feci un passo indietro e scossi la testa. "Sai che non riesco a lavorare bene sotto pressione. E inoltre lanciare incantesimi non mi farebbe guadagnare da vivere. Non voglio portare sulle spalle il peso del mondo magico come ha fatto Merlinda."

Zia Amber sospirò. "Anche Merlinda non è riuscita a gestirlo alla fine, come avrebbe potuto? Sono d'accordo con Cen. Che cosa triste. Era una strega di talento ma una scarsa giudice di caratteri. Bisognerebbe avere successo in entrambe le cose."

La mamma annuì. "Povera ragazza. Pensavo davvero che Merlinda avesse tutto quello che voleva. E invece sembra che dopotutto non avesse molto."

Le ultime ore erano state rivelatrici della triste vita di Merlinda. Sembrava che tutti avessero approfittato di lei per un guadagno personale.

Zia Amber scosse la testa. "Non riesco a credere che il padre di Merlinda usasse la sua magia per far credere di aver risuscitato John Frum e il culto del cargo."

Merlinda era stata semplicemente una pedina nelle mani del padre. Non c'era da stupirsi che fosse fuggita verso la relativa pace della Scuola di Fascinazione di Pearl a Westwick Corners. Forse aveva rimandato il volo a casa di proposito, sperando di rimanere bloccata dalla tempesta di neve.

Anche Dominic l'aveva sposata per trarne un vantaggio. Proprio la cosa che le dava potere aveva causato anche la sua rovina. Le era costata la vita.

"Ha reso la vita del padre davvero lucrosa," aggiunse zia Pearl. "Il suo potere magico lo ha reso ricco e un personaggio di spicco a Vanuatu. Ho intenzione di smascherarlo e chiuderlo in un container cargo. È ora che faccia una vacanza nel Pacifico del sud."

Al momento giusto, Tyler entrò in soggiorno. Alzò una mano in segno di protesta. "Non interferire, Pearl. Ho già contattato la polizia di Vanuatu. Mentre stiamo parlando hanno arrestato il padre di Merlinda. Affronterà la giustizia."

"Ma è il capo della polizia," protestò zia Pearl.

"Non più," disse Tyler. "È stato cacciato e sostituito da un suo dipendente che stava già conducendo un'indagine segreta. Le nostre scoperte hanno rinforzato le sue. Il padre di Merlinda non vedrà la libertà molto presto."

"Per che cosa? Assassinio?" Chiese zia Amber.

"No," disse Tyler. "Per estorsione, frode e qualche altra cosa."

"Se la cava in modo troppo facile," protestò zia Pearl.

"Non ci contare," disse Tyler. "Mi hanno detto che ha parecchi nemici che prima avevano paura di parlare. Ora che è stato arrestato e non è più a capo della polizia, salteranno fuori parecchi accusatori. E questo probabilmente porterà ad altre condanne."

Saltò fuori che la gente del posto in realtà non aveva mai creduto all'imbroglio del culto del cargo. Alcuni vi si erano adeguati perché ricevevano cose gratis. Altri avevano fatto finta di niente e partecipato solo alle feste annuali, anche se molti pensavano che il padre di Merlinda avesse trasformato le loro tradizioni e la loro storia in una farsa.

Gli occhi di zia Pearl brillarono. "In ogni caso non mi dispiacerebbe una vacanza ai tropici. Ho la sensazione che ci sia opportunità di business."

Io sospirai. "Non pensare di sostituire il culto del cargo di Merlinda, zia Pearl. È meglio lasciarlo alla storia. Di certo non sarebbe apprezzato dalla gente del posto dopo tutto quello che è successo."

"Puoi venire con me, Cen." Zia Pearl mi strizzò l'occhio. "Potresti considerarlo un viaggio di lavoro fuori sede. Una volta che avrai visto il potenziale, forse cambierai idea. Sai, potresti iscriverti nuovamente alla Scuola di Fascinazione di Pearl."

"Non ci contare." Il motivo principale per cui Merlinda era una strega di tale talento era semplicemente perché spendeva molte ore a praticare gli incantesimi. Io non avevo intenzione di seguire il suo esempio.

Zia Pearl all'improvviso divenne malinconica. "La povera

Merlinda non voleva nient'altro che fare del bene con i suoi poteri, non arricchire semplicemente il padre. È ironico il fatto che lui volesse che la gente lo considerasse un benefattore piuttosto che il criminale che era. Ha approfittato completamente di lei. I beni che non utilizzava personalmente o per corrompere qualcuno, li vendeva per trarne profitto. Così ha iniziato ad arricchirsi."

"Immagino che avesse bisogno di controllare Merlinda, altrimenti tutto il suo piano e il suo potere sarebbero finiti in fumo," disse zia Amber. "Merlinda era la chiave per il successo. Nemmeno John Frum avrebbe potuto far apparire cose dal nulla. Probabilmente lei è stata contenta quando il suo volo è stato cancellato. Poteva rimandare il rientro."

"Comunque le mancava Vanuatu," disse zia Pearl. "Io l'avevo avvisata di non tornare, ma non mi ascoltava. Le mancava Dominic e diceva che sarebbe semplicemente tornata a casa per le vacanze. Ho dovuto agire rapidamente."

"Ho mio Dio, Pearl," esclamò zia Amber. "Hai davvero avvelenato Merlinda con quella tisana. Lo sapevo!"

"Non essere ridicola, Amber! Quante volte te lo devo dire? Non c'era assolutamente niente di sbagliato nella mia tisana. Non ho sbagliato, quindi smettila, ok? Non è in quel modo che le ho impedito di tornare a casa. Ho fatto sì che il suo volo venisse cancellato."

Io mi accigliai. "Non puoi semplicemente chiamare un aeroporto e… Aspetta un attimo. Vuoi dire che hai cambiato il tempo? Hai portato tu la tempesta?" Avevo sempre pensato che creare una tempesta fosse superiore alle capacità di qualunque strega. "Hai impedito il Natale a vagonate di persone solo per tenere qui Merlinda?"

"Dovresti provare qualche volta, Cen. Tutto quel potere sulle persone può darti alla testa. Potresti anche essere migliore di Merlinda se ti sforzassi un po'. Prima ti eserciti con l'incantesimo del globo di neve e poi…" Zia Pearl fissò con nostalgia nel vuoto.

"Io non voglio… Vabbè, lascia perdere." Era inutile discutere. "Comunque penso che avresti dovuto lasciar tornare a casa Merlinda. Intrappolarla qui è un po' ossessivo, non trovi?"

"Non l'ho fatto per egoismo, Cen. Dovevo salvare Merlinda dal padre." Lo sguardo di zia Pearl fu improvvisamente annebbiato dalle lacrime. "Non mi sarei mai aspettata che i guai l'avrebbero seguita fin qui. Il padre chiamava giorno e notte, pretendendo che Merlinda tornasse a casa. La povera ragazza pensava di non avere scelta. Quindi ho scelto io per lei."

Era davvero zia Pearl, questa? Stava condividendo i suoi sentimenti riguardo una persona a cui teneva. Non avrei mai pensato che l'avrebbe fatto, mai. "Ti ha mai parlato del matrimonio segreto?"

Zia Pearl scosse la testa. "No. Se l'avessi saputo, l'avrei impedito. Mi confidava tutto, quindi il preteso matrimonio di Dominic era una bugia oppure Merlinda aveva paura di parlarne nel caso il padre lo scoprisse."

"Immagino che alla fine sia uscita la verità," dissi. "Povera Merlinda. Purtroppo il fato per lei aveva progetti diversi."

CAPITOLO 35

L'alba del giorno di Natale sorse tranquilla e serena. Non c'era più traccia della tempesta magica che aveva battuto Westwick Corners per la maggior parte della Vigilia. In effetti il tempo si era decisamente riscaldato.

Le nuvole tempestose avevano lasciato il posto a un cielo azzurro brillante. Sembrava che gli sfortunati eventi della notte precedente non avessero mai avuto luogo.

Fissai fuori dalla finestra del soggiorno mentre sorseggiavo il caffè mattutino. Il sole del mattino presto subito riscaldava i fiocchi di neve facendoli scendere in rivoli d'acqua lungo il vialetto.

Rabbrividii, nonostante il fuoco nel caminetto. Eravamo confinati in un angolino del soggiorno mentre gli ultimi tecnici della Scientifica finivano di raccogliere le prove. Si infilavano in ogni angolo della locanda, dal soggiorno e dalla cucina alla stanza di Merlinda.

Povera Merlinda. I vantaggi che aveva avuto in vita infine erano stati usati contro di lei. Aveva soldi e potere ma era stata tradita nell'amore e nella fiducia.

"La polizia non ci metterà ancora molto." Tyler aveva parlato con la polizia di Shady Creek e tutti noi avevamo fatto le nostre dichiarazioni. Non c'era molto altro da fare dato che sia Dominic che Gail avevano fornito una confessione completa.

Sedetti sul divano e mi accoccolai vicino a Tyler. Mi sentivo al sicuro tra le sue braccia, con lui che mi teneva vicino. Ero grata di tutto quello che avevo. Mi decisi a non dare più niente per scontato. Il triste destino di Merlinda mi aveva fornito una nuova prospettiva.

Avevo un fidanzato meraviglioso, una famiglia che mi voleva bene e talenti magici incredibili, che potevo usare quando volevo. Anche la mia scialba esistenza di tutti i giorni a Westwick Corners aveva un certo fascino a confronto con le alternative. Avevo tutto quello che una ragazza può desiderare e anche di più. Quello che importava realmente era quello che riuscivo a ottenere con quello che avevo a disposizione. Ma non fare scelte non era una scelta. Dovevo fare qualcosa.

Le mie capacità soprannaturali erano solo mie, dovevano essere incanalate verso quello che desideravo. I miei talenti non sarebbero stati sprecati con l'inganno o usati per un guadagno materiale. Invece, avrei sfruttato la mia arte per scopi filantropici e per aiutare gli altri.

Senza dubbio zia Pearl aveva la sua opinione su questo. Ma alla fine era solo quello, l'opinione di un'altra persona.

I miei poteri erano solo miei e potevo usarli o perderli. Infine riuscivo a controllarli e dipendeva da me che cosa avrei raggiunto. Ma finché non avessi preso in mano il mio destino sarei sempre stata superata da streghe più potenti, come zia Pearl. O peggio, caduta vittima del male come era successo a Merlinda. Quindi, se volevo essere forte, dovevo sviluppare le capacità e diventare una strega più forte.

Zia Pearl.

Perlustrai la stanza e fui sollevata nel vedere che si era accomodata nel divano a esse con Earl. Russavano entrambi piano, all'unisono. La mano di Earl appoggiata sulla coscia di Pearl rivestita di velluto verde. Era una scena commovente. Zia Pearl normalmente nascondeva il suo lato sentimentale ma in quel caso, era tutto in mostra.

Valutai velocemente la possibilità di scattare una foto per metterla in imbarazzo ma decisi che non era il caso. Non volevo fare niente che potesse scoraggiare la nascita della sua storia d'amore con Earl.

Lui era perfetto per lei. La sua natura accomodante smussava le asperità di lei. Soprattutto, la rendeva felice, anche se lei non l'avrebbe mai ammesso.

Fui bruscamente riportata alla realtà da zia Amber. Agitava un bicchiere vuoto nell'aria. "Chi ha bevuto tutto lo zabaione?"

"Stai scherzando, Amber," disse la mamma. "Non sono nemmeno le otto di mattina."

"Sono mortalmente seria," disse zia Amber. "Dopo tutto quello che è successo ho bisogno di bere. Non sono ancora andata a letto, quindi non è davvero mattina. Almeno non per quanto mi riguarda."

"Lo zabaione è finito," disse la mamma. "Ho dato quello che restava a Dominic e Gail. Ho pensato che dovessero comunque fare un brindisi natalizio. È l'ultimo che faranno per un pezzo."

Nonna Vi rise, volteggiando al lato della mamma. "Io spero che sia l'ultima volta che vediamo loro."

"Oh, diavolo." Zia Amber si girò e si diresse in cucina. "Allora prenderò il vino."

"Ehi, guardate." Brayden indicò il focolare dove si era appoggiato il globo di neve di Merlinda. La luce tremolante si era rafforzata in un brillante giallo.

Le luci accese dell'albero di Natale e il fuoco scoppiettante scaldavano la stanza. Ma non era solo il calore confortante o la compagnia di quelli che amavo. Sentivo qualcos'altro, una presenza non familiare ma confortante. Non riuscivo a capire cosa fosse, ma indubbiamente era lì.

C'era qualcos'altro che mancava. Il mio desiderio natalizio non si era avverato.

Presi la mano di Tyler e mi alzai. "Andiamo. Voglio farti vedere una cosa."

"Sei sicura? Sembra che tu abbia bisogno di un po' di riposo." I caldi occhi marrone di Tyler brillarono mentre appoggiava la mano sulla mia. "Non penso di aver mai avuto una Vigilia di Natale così eccitante. La tua famiglia attrae le persone più strane."

Mi sporsi per baciarlo. "Soprattutto zia Pearl."

"Esclusivamente zia Pearl," sussurrò.

"Sei sicuro di voler essere coinvolto nella mia folle famiglia? Puoi scappare, se vuoi. Non hai idea di quello in cui ti stai mettendo."

"So esattamente in cosa mi sto mettendo, Cendrine West." Tyler fece un cenno verso zia Pearl, che stava ancora russando serenamente vicino a Earl.

Era il nostro primo momento di quiete da quando Tyler era arrivato, la sera precedente per cena, e volevo sfruttarlo al massimo. Volevo il mio desiderio di Natale. Era troppo tardi per la nostra cenetta intima ma non era mai troppo tardi per il romanticismo.

Guidai Tyler dietro l'albero di Natale in modo da essere per lo più nascosti. Mi alzai in punta di piedi e caddi tra le sue braccia per un lungo, piacevole, bacio.

A quel punto lo vidi.

All'inizio pensai fosse una decorazione di Natale, una che non avevo notato prima.

Ma non lo era.

Era un globo, più piccolo e meno luminoso di quello di Merlinda. Era appoggiato sui rami superiori dell'albero, mezzo metro sopra dove avevo visto per la prima volta quello di Merlinda.

Ma non era un globo qualunque. Era il mio. Non quello in cui avevo imprigionato Brayden e Gail ma un altro. Uno che dovevo aver creato durante i miei tentativi precedenti senza rendermene conto.

Era il mio desiderio della Vigilia fin nei minimi dettagli. Mentre quello di Merlinda era la Vanuatu tropicale, il mio era una nevosa Westwick Corners.

Mi tirai Tyler più vicino e guardai l'interno del globo di neve. Finestre incrostate di neve incorniciavano la scena all'interno, un tavolo apparecchiato per due. Era esattamente come lo avevo immaginato io. Non era a grandezza naturale ma era proprio lui. L'avevo realizzato. Avvolsi Tyler tra le mie braccia e lo baciai.

Il mio globo era rimasto ignorato in piena vista per tutto questo tempo, se solo mi fossi preoccupata di guardare.

Mi sciolsi dall'abbraccio di Tyler, ansiosa di diffondere la notizia. Il mio globo di neve era bello e forte. E lo avevo fatto da sola, senza l'aiuto di nessuno. Volevo dimostrare soprattutto a zia Pearl che la mia capacità di fare incantesimi era molto migliore di quello che pensava. Era meglio lasciar perdere e mi riavvicinai a Tyler.

Tyler sorrise. "Alcuni segreti è meglio che restino tali, Cen. Potrebbero tornare utili, prima o poi."

"Hai ragione." Mi capiva. Mi accettava per chi ero e per quello che ero. Anche con la mia famiglia pazza. Mi gustai il momento ancora un po' prima di raggiungere gli altri.

Zia Pearl si stiracchiava sul divano. Si era lentamente allontanata da Earl facendo attenzione a non disturbarlo. "Ruby dice che devo fare una pausa. Ma non so che altro fare. Quella povera ragazza. Avrei voluto salvarla."

"Mi dispiace davvero, zia Pearl," dissi. "So quanto tenevi a Merlinda." Non avevo mai visto mia zia così affezionata a qualcuno, e ancora meno esprimerlo apertamente. Era un lato di lei che non sapevo esistesse.

"Va bene." zia Pearl scosse la testa, ma non prima che una lacrima le scorresse lungo la guancia. "Era la mia studentessa migliore e avevo grandi speranze su di lei. E ora se n'è andata, così…" Fece schioccare le dita.

Mi girai verso di lei. "Avrai altri studenti."

"Non è la stessa cosa, Cen. Merlinda non era come la maggior parte degli altri studenti. L'unica studentessa…"

La mia felicità momentanea si trasformò in irritazione. "Sono sicura che là fuori ci sono altri studenti desiderosi di imparare. Forse dovresti farti pubblicità. Sai, promuovere la Scuola di Fascinazione di Pearl."

Lei tirò su con il naso. "Non voglio uno studente qualunque. Abbiamo un processo di selezione molto rigido e non ho intenzione di cambiarlo."

"Forse potresti trovare un piccolo compromesso. Ampliare leggermente gli standard."

Sembrava non mi avesse sentita. "Dì quello che vuoi. Ti lascerò tornare, ma devi promettere che non perderai più le lezioni."

"Ma io non sono pronta…"

Zia Pearl picchiettò l'orologio. "Meglio muoversi. Le lezioni iniziano tra un'ora." Si alzò di scatto dal divano, si diresse alla porta d'ingresso e l'aprì. Fece un passo all'esterno poi tornò indietro. "Preparerò il piano delle lezioni. Potrei pentirmi di averlo detto ma l'unico studente migliore di Merlinda sei stata tu, Cendrine. Lo faccio per il tuo bene. Un giorno mi ringrazierai."

"Ma io non voglio essere una stre..." Mi resi conto che mi aveva fatto discutere di proposito davanti a Tyler, in modo che non potessi protestare. Anche se Tyler conosceva già il mio segreto, zia Pearl non sapeva che lui sapeva. E io non volevo che lei lo sapesse. Aveva già anche troppo potere.

Tyler sorrise e fece l'occhiolino. "Forse dovresti lasciare che Pearl faccia a modo suo. L'intera città è felice se Pearl è felice."

Alzai in aria le mani. Non vedevo perché dovevo essere io l'agnello sacrificale. "Desidero solo che la smetta di dirigere la mia vita."

"Pearl si preoccupa semplicemente per te, Cen," disse Nonna Vi. "Per te vuole il meglio che ci possa essere. Devi esserne felice."

Feci per rispondere quando il mio sguardo fu colpito da una cosa.

Era il globo di neve tropicale di Merlinda. Era appoggiato tra i rami dell'albero di Natale, piuttosto in alto. Pulsava con energia, illuminando la stanza come una lampadina da 100 watt. In effetti vibrava con una tale energia che sembrava dovesse spiccare il volo.

"Penso che Merlinda stia cercando di dirci qualcosa," disse Nonna Vi. "Vuole che tu prenda il suo posto."

Io scossi con decisione la testa.

Zia Pearl seguì il mio sguardo. "Vedi, Cen? Non sono l'unica che la pensa così. In effetti è il mio desiderio per Natale."

"È una bella cosa, Pearl," concordò la mamma. "Sono sicura che Cen capirà il tuo modo di pensare. Ci vuole un po' di tempo."

"Qual è il tuo desiderio, Cen?" Zia Pearl mosse la mano in segno di noncuranza. "Lascia perdere. Se è qualcosa che riguarda lo sceriffo Gates, non voglio saperlo."

Tyler ridacchiò sotto i baffi.

"È un segreto." Sorrisi e pensai al mio globo di neve natalizia nascosto tra i rami dell'albero di Natale.

Zia Pearl mi fece l'occhiolino. "Stai attenta con i desideri, Cen. Si potrebbero avverare."

Quanto aveva ragione.

* * *

TI È PIACIUTO *I doni delle streghe?* Puoi proseguire la lettura con *Strategia d'Uscita*

VOLETE ESSERE i primi a sapere quando escono nuovi volumi? Registratevi sul sito

Newsletter:

http://eepurl.com/c0jCIr

Sito:

www.colleencross.com

NOTA DELL'AUTRICE

Le streghe di Westwick è un prodotto della mia immaginazione, ma John Frum e il culto del cargo sono un fatto storico. Almeno fino a un certo punto. Nella mia storia mi sono presa delle libertà, ma non mi sono allontanata molto dalla realtà. Se volete saperne di più troverete numerose informazioni storiche e più recenti.

Quello di John Frum è uno dei tanti cosiddetti culti del cargo che esistono in aree remote del Sud Pacifico e in altri posti. Frum è il nome associato collettivamente a diversi marinai arrivati a Tannu, una delle isole della piccola nazione del Sud Pacifico di Vanuatu.

A quei tempi Vanuatu era conosciuta con il nome di Nuove Ebridi. Nonostante fossero isole remote, all'inizio del XX secolo ricevevano occasionalmente dei visitatori e gli isolani erano impressionati dalle attrezzature moderne e dalla loro apparente ricchezza.

Tuttavia fu ai tempi della Seconda Guerra Mondiale che il culto prese decisamente piede. 300.000 soldati furono di stanza sulle isole arrivando per mare e per aria. Portarono con sé ogni sorta di rifornimenti o "cargo", come i soldati definivano le loro provviste. Le truppe costruirono capanni Quonset e ben presto quelle isole tranquille brulicarono di attività industriale.

Le forniture di cargo comprendevano tende, cibo, forniture

mediche e armi. All'inizio portavano nell'isola anche autocarri, frigoriferi, carne in scatola, dolci e Coca-Cola. La qualità della vita degli isolani migliorò decisamente con tutte queste comodità moderne. In qualche modo era una magia.

Prima che questo succedesse, gli isolani credevano in antichi racconti e credenze che erano stati tramandati per generazioni. Era una cosa naturale che alcune di queste storie si combinassero con quella degli uomini e dei cargo recentemente arrivati sulle isole dal nulla. Fu così che nacque il culto del cargo di John Frum. Molte delle leggende su questo personaggio mescolano antiche credenze e moderne speranze nate con i ben equipaggiati visitatori di Vanuatu.

Il nome John Frum potrebbe anche essere una corruzione di "John from America", "John from…" o anche qualcosa di diverso. Indipendentemente dal nome, qualche forma di questo culto o pseudo religione esisteva anche parecchio tempo prima della Seconda Guerra Mondiale. L'arrivo delle truppe sembrò una prova irrefutabile della realtà delle antiche leggende. La gente credeva diverse cose: alcuni ritenevano John Frum una divinità religiosa, altri lo ritenevano una figura mistica e altri ancora lo credevano un'invenzione che riuniva visitatori del passato e tempi migliori.

Ma infine le guerre terminarono e così se ne andarono le truppe da Vanuatu. La cosa in effetti fu abbastanza improvvisa proprio come ci si aspetta quando si smantella dopo un'operazione militare alla fine della guerra. La partenza improvvisa comportò la fine delle comodità moderne, dato che nessun altro portava verso quelle isole questi beni.

Quando gli isolani si trovarono ad affrontare la loro nuova dura realtà, alcuni credenti realizzarono piste di atterraggio per incoraggiare i visitatori a tornare via aria se non via mare. Se aveste mai vissuto su un'isola remota senza comodità moderne, probabilmente anche voi avreste celebrato una figura di fantasia. Se una volta erano arrivati dal nulla degli stranieri con ogni genere di tesoro, di certo la cosa si poteva ripetere.

Che si tratti di pia illusione, vera credenza o solo una scusa per un po' di divertimento, molti abitanti di Vanuatu festeggiano ancora le strane e meravigliose comodità portate dagli aerei militari, dalle flotte navali e dai marinai e cercano di predire un loro eventuale ritorno. I veri credenti attendono con ansia il 15 febbraio di ogni anno come data identificata per l'eventuale ritorno e anche gli scettici si divertono alla sfilata annuale e ai festeggiamenti. Il 15 febbraio a Vanuatu viene ufficialmente osservato come "giorno di John Frum".

Fa un po' pensare alla Vigilia di Natale e a Babbo Natale…

Spero che vi siate divertiti con *I doni delle streghe* tanto quanto io mi sono divertita a scriverlo. Potete aiutarmi a continuare la serie facendomi sapere cosa ne pensate, scrivendo una recensione sincera. Leggo tutte le recensioni perché mi aiutano a capire in che direzione procedere con la serie, quali personaggi mantenere e se continuare o no la stessa serie, oppure svilupparne una nuova.

Vi ringrazio molto per avermi letta!

Colleen Cross

* * *

Volete essere i primi a sapere quando escono nuovi volumi? Registratevi sul sito

Newsletter:

http://eepurl.com/c0jCIr

Sito:

www.colleencross.com

www.ingramcontent.com/pod-product-compliance
Lightning Source LLC
Chambersburg PA
CBHW060552190726
48283CB00003B/972